한개
모자란
키스

바일라 008

한개
모자란
키스

주원규 장편소설

서유재

차례

처음 느끼는 기분이다.

지금까지 봐 오던 모든 것이 완전히 달라 보이는 느낌.

키스.

'그깟 거 뭐!'라고 생각했다.

하지만 달랐다.

처음 해 본 키스였어도

익숙하게 해 본 키스라 해도 상관없다.

키스는 그냥 설레고 두근거리는 거 아닌가?

그런데 그 애는 한 개 모자라다고 했다.

난 지금 혼자다.

집으로 향하는 좁고 먼 골목길에 서 있다.

뭐가 모자라다는 걸까.

모자라다는 건 무슨 뜻일까.

지금부터 그 이야기를 하려 한다.

한 개 모자란 키스 이야기.

1

뭐 이래.

학교 정문 앞에서 마루가 처음으로 내뱉은 말이다.

이미 감정이 상할 대로 상한 마루. 짜증 제대로다.

마루가 도착한 이곳, 오가는 사람이 거의 없는 이곳은 버스 종점이다. 동시에 신일고 정문 앞이기도 하다. '신일특별사립민족고등학교'라는 긴 이름의 학교.

마루는 버스에서 내리자마자 투덜거릴 수밖에 없었다. 30분에 한 대라는 버스 배차 시간도 문제다. 게다가 워낙 정류장을 여기저기 거쳐 온 탓에 예정된 등교 시간보다 한 시간이나 늦게 도착했다는 사실이 마루를 당황스럽게 했다.

달랑 사복 차림에 빈손으로, 눈가는 물론 귀밑까지 덮어 버린 파마 머리를 거칠게 쓸어 넘기는 꽃거지 스타일. 마루는 정문 앞에서 한숨을 한 번 길게 쉬었다. 그리고 정문 안으로 들어서자마자 처음 눈이 마주친, 이십 대로 보이는 형과 진하게 눈인사를 주고받았다.

- 형님!

- 어? 어.

- 안녕하세요.

- 그, 그래.

- 그런데 여기서 뭐 하세요?

- 나 학교 경비인데?

- 형님이 경비 아저씨라고요? 저랑 나이 차이도 별로 안 나
  보이는데?

- 경비 일에 나이 제한이 있나 뭐. 근데 넌 누구냐?

- 보면 몰라요?

- 아무리 봐도 모르겠으니까 물어보지. 혹시…… 여기 학생
  보호자세요?

- 보호자라뇨. 아니, 무슨 그런 섭섭한 말씀을……. 학생입

니다. 신일고 1학년 3반 복학생 마루입니다. 박마루라고
하지요.

―아…… . 복학생…… . 고등학생도 복학생이란 게 있구나.

―뭐, 고등학생은 복학하지 말란 법 있나요.

경비 아저씨는 마루와 더 대화하고 싶은 마음이 없는지 딴청
을 피우며 통제실 안 모니터를 봤다.

마루는 다시 한번 머리를 크게 쓸어 올린 후 학교 안으로 들
어갔다.

운동장이 넓다.

본관까지 들어가는 데 5분이 넘게 걸린다. 계속 걸어야 하는
현실이 마루를 짜증스럽게 했다.

엄마가 말했지.

인생,

짜증의 연속이라고.

그러니까 이번 한 번만 봐주겠어.

2

마루의 담임, 경동호 선생의 담당 과목은 과학윤리다. 과학윤리란 과목이 뭘 가르치는지 마루는 도무지 감을 잡기 어려웠다. 경동호 선생은 무심하기 이를 데 없는 무표정한 얼굴로 마루를 데리고 교실로 향했다.

나란히 걷는 짧은 시간 동안 경동호 선생은 마루에게 이것저것 꽤 많은 걸 물었다. 마루가 엄청 성가시게 느낄 정도로.

― 박마루…… 학생이라고? 정말 복학생 맞으세요?

― 아, 정말!

― 왜?

― 쌤까지 왜 이러세요?

― 내가 뭐? 왜 이렇게 버럭이세요.

― 쌤도 제가 학부모처럼 보여요?

― 학부모는 오버다. 조금 삭아 보이는 건 팩트지만.

― 봐요, 봐. 귀에 피어싱 하고 래퍼 티 입는 학부모도 있어요?

― 누가 너더러 학부모래? 그건 아닌데 그냥.

― 그냥 뭐요?

−복학생이라니 신기하잖아. 새 학기 시작한 지 석 달도 안

됐는데, 그사이에 잠깐 쉬었다가 또 복학한다는 게 이해가

안 돼서.

마루가 짧게 한숨을 폭 쉬고 설명했다. 이 설명만 하고 다닌

게 벌써 열 번이 넘는다.

−이 학교 입학 결정되고 입학식 하던 날에 전 편의점 알바를

하고 있었어요.

−그 얘기하고 복학하고 무슨 상관이래?

−끝까지 들어 보세요.

−오케이. 계속해 봐.

−입학식 날에도 알바를 하던 저한테 사장이 편의점 물건을

멋대로 빼돌린다는 누명을 씌운 거예요.

−저런.

−그래서 한 달 동안 말도 안 되는 조사를 받았고요. 재판도

받고 며칠 동안 경찰서에 갇혀도 보고요.

−대박. 그럼 너 콩밥도 먹은 거야?

−아! 무슨 옛날 영화 찍으세요? 콩밥이 뭐예요, 콩밥이!

-소리 좀 지르지 마라. 그래. 계속 말해 봐. 아무튼 이거 실

　화야?

-실화지. 그럼 꾸며서 소설 쓰겠어요?

-정말…… 누명 쓴 거 맞아?

다시 한숨을 쉰 마루, 참을 인(忍) 자 마음에 꾹꾹 새기며 말을

이었다.

-네. 맞아요. 소년부에 가서 재판도 받았고요.

-그랬구나.

-선생님! 끝까지 들어 주세요.

-누가 뭐래냐.

-재판 결과가 중요해요. 정정당당 무죄판결 받았다고요.

-그렇구나. 잘됐네.

-판사님이 억울해서 어떡하냐며 딱하다고 했고요. 편의점

　사장 아저씨가 나한테 잘못했으니까 손해배상만 청구하지

　말아 달라고 부탁까지 했어요.

-근데 너 말 참 많다.

-네?

-누명 쓴 거 맞으면 됐지. 이렇게 침까지 튀겨 가며 말할 건
　또 뭐냐.
　-선생님이 물어보셔서 대답한 거잖아요.
　-알았다, 알았어. 내가 괜히 물어봤지.

　마루가 옆에 바싹 붙어 쉼 없이 떠들어 대서인지 담임의 말
소리가 줄어들었다. 경동호는 곧바로 1학년 3반의 문을 열어젖
혔다.

　3

　-소문이란 건 정말 이상해.
　-응?
　-그렇지 않아?

　1학년 3반에서 마루에게 한 시간 만에 말을 걸어 온 친구는
종구였다. 180센티미터가 넘는 큰 키에 상대적으로 마른 체형
의 종구는 확실히 1학년 3반 스물다섯 명 가운데 사뭇 다른 분

14

위기를 풍기는 아이였다. 마루가 종구를 물끄러미 바라보다가 뭔가 말을 꺼내려 했다. 공교롭게도 종구가 다시 말을 이었다.

　－너…… 소년원 같은 데 들락날락했다며?

　－소년원 같은 데라고?

　－응. 내가 뭐 잘못 말했어?

　－아니다. 계속해라.

　소년원이란 말을 듣는 순간, 마루의 눈초리가 화난 고슴도치의 쭈뼛 날이 선 털처럼 매섭고 날카로워졌다. 하지만 마루는 화내지 않았다. 종구의 표정을 보는 순간 그런 마음이 들었다. 종구는 마루를 공격하거나 조롱할 생각이 전혀 없어 보였다. 말 그대로 그저 물어본 것이다. 복학생 마루를 둘러싸고 떠도는 소문에 대해서. 종구는 마루의 표정이 붉으락푸르락하거나 말거나 말을 이었다.

　－소문이 그렇게 나니까 아무도 너한테 말을 걸지 않는 것 같아. 왜 그럴까?

　－왜 그런데?

- 벌점이 쌓이면 내신이 안 좋아지고, 내신이 안 좋으면 여러 가지가 불리해지니까.

- 어디 가나 그놈의 내신 타령. 그래서?

- 그러니까 너랑 같이 돌아다니면 괜히 벌점이 쌓일지도 모른다고 생각하는 것 같아. 내 말이 맞지?

'그걸 지금 나한테 묻는 거야?' 마루는 조금 어처구니가 없어 헛웃음을 지었다.

마루가 고개를 끄덕이며 말을 이었다.

- 그래. 네 말이 다 맞는 것 같아. 그런데 넌······.

- 내 이름은 종구야. 성은 김. 이름은 종구.

- 김종구······, 흔하지도 않지만 특별한 이름도 아니네.

- 남들은 축구 선수 이름 같다고 하는데.

- 알았어, 뭐. 축구 선수 같든 어쨌든. 있잖아, 김종구야.

- 성까지 붙여서 말하니까 좀 이상한데, 어쨌든.

- 넌 벌점 안 두려워?

- 응.

- 내신은?

- 그것도 뭐 별로. 사실 나 꼴등이거든. 잘하는 게 없어.
- 야, 그래도 여긴 특별학교잖아. 여기선 꼴등도 미국 유명 대
  학 갈 수 있다며? 물론 나 같은 예외 꼴통도 있지만 넌 그래
  도 예외는 아니잖아.
- 예외가 뭔데?
- 진짜 몰라서 묻는 거야?
- 모르지. 내가 아는 게 있나.
- 특별전형, 특별전형! 특별전형 몰라?
- 몰라.

마루가 가만히 보니 종구는 꽤 멍청한 것 같았다. 물론 마루
가 생각한 멍청함은 순수하다는 뜻으로 이어진다. 아마도 벌점
과 내신을 신경 쓰는 아이들은 마루가 말한 특별전형이 어떤 의
미인지 모르지 않을 것이다.
특별전형.
특별전형은 특별사립고가 베푸는 그야말로 특별한 특혜다.
조손 가정, 한부모 가정 자녀 중에 엄선해 전교생 백 명 중 한 명
꼴로 선발하는 전형. 마루가 바로 특별명문사립고 신일고의 유
일한 특별전형 학생이었다. 그런데 종구는 모른다. 특별전형이

뭔지, 예외가 뭔지.

　－그래. 특별전형은 모른다고 치고. 그래서 넌 내가 안 두렵
　　냐? 나랑 같이 있다가 벌점 쌓여도 별로 상관없으니까?
　－아니지.
　－그럼?
　－무죄라며? 아무 죄 없어 풀려났다며?
　－당연하지.
　－무죄라는데 무슨 상관이야.
　－그건 그렇지만 그래도 벌점 막 쌓인다며?
　－소문이 거짓말이면 그 소문에 겁먹는 게 오히려 웃긴 거 아
　　냐? 안 그래?

　마루는 문득 '이렇게 들으니 종구가 꽤 똑똑해 보이는데?' 하
는 생각이 들었다. 그래서일까. 종구가 썩 괜찮게 느껴졌다.
　종구 외에는 그 누구도 마루에게 말을 걸지 않았다. 그냥 같
은 반이니까, 수업도 같이 듣고 조별 스터디도 해야 하니까 건네
는 말 빼고는 마루에게 어떤 개인적 관심이 섞인 말도 하지 않
은 것이다.

아, 여기서 한마디.

그렇다고 마루가 종구를 특별히 마음에 들어 한 건 아니다. 종구는 지나칠 정도로 자기가 하고 싶은 말을 마구 투척했다.

4

신일고 학생들은 등·하교 시 특별한 의식 같은 걸 가진다. 일종의 인사말을 하는데, 아침에 '잘 왔어'라고 말하고 집에 갈 때 '잘 가'로 마무리하는 의식이 그것이다.

자신에게 아침 인사를 건넨 뒤 힐끔 한 번 쳐다보고 자기 자리를 찾아가는 반 아이들을 보며 마루는 짜증이 났다.

– 이것 봐. 급우들!

급우라니! 아, 이 고전적인 워딩. 마루는 스스로 말하고도 인상을 구겼다. 그래도 효과는 좋았다. 반 아이들이 일제히 마루를 쳐다봤으니까.

마루가 말을 이었다.

－내가 뭐 벌레라도 돼? 나하고 말 섞으면 뭐 잘못되기라도 하는 거야 뭐야. 이 꼴이 대체 뭐냐고!

하지만 마루의 외침에도 반 아이들은 완전 무반응이었다. 마루는 속으로 중얼거렸다.

뭐 이런 애들이 다 있어?

마루가 짜증 나는 또 한 가지가 있다. 상대적 박탈감이라 해야 할까. 신일고의 다른 학생들, 오버해 말하자면 전교생은 모두 학교 앞에서 기다리는 어머니, 아버지가 모는 수입차를 타고 귀가했다. 자율 학습, 연장 학습이라고는 하나도 없는 신일고는 오후 4시만 되면 모든 수업이 끝나는데, 교실 밖으로 나오면 모두들 차를 타고 돌아가는 게 일상이었다. 오직 한 명, 마루만 빼고.

집과 학교 사이의 거리가 그렇게 멀진 않지만 삐뚤빼뚤하게 오만 정류장을 다 돌아서 가는 완행버스 탓에 집까지 두 시간이 넘는다는 사실도 마루를 다시 한번 좌절케 했다.

그런 마루에게 새롭게 다가온 한 사람이 있었다. 그 사람은 마루가 복학해 정확히 일주일째 되던 날 늦은 오후에 등장했다.

검은 대형차 한 대가 버스 정류장 앞을 가로막고 섰다. 그때 마루는 휴대폰 데이터 용량이 얼마 남지 않아 무료한 표정으로 벤치에 앉아 있었다. 뒷좌석 차창이 내려갔다. 숏커트에 동그란 무테 안경을 쓴, 유난히 갸름한 얼굴선이 특징인 여자아이가 마루에게 말을 걸었다. 신일고 교복 차림이지만 한 번도 본 적은 없는 얼굴이었다. 처음부터 반말이다.

- 집에 가?

마루는 바로 답하지 않았다. 자기한테 한 말이 아닌 것처럼 보여서.

- 난 허신미라고 해.

앞뒤 싹 자르고 자기 이름부터 밝히다니. 순간, 마루는 '뭐야. 얘도 종구랑 같은 과야?' 하는 불길한 생각이 스쳤다.

- 넌?

-내가 뭐?

-이름. 이름이 뭐냐고?

-야. 너도 참.

-왜? 문제 있어?

-집에 가냐고 해 놓고 그다음에야 이름이 뭐냐고 묻는다는
게 좀 웃겨서.

-그게 웃겨……?

-응. 좀 웃겨.

-건너뛰는 대화이긴 해도…… 우리 그렇게 말 트고 이름 트
고, 빨라서 좋잖아?

-그래. 허신미?

-오케이. 마이 네임 이스 허신미.

-그래. 신미야, 네가 내 입에 거미줄을 걸어 주긴 했다.

-그건 또 무슨 소리야?

-일주일 동안 한 명 빼고 아무도 말 걸지 않았거든.

-이 학교가 원래 좀 그래. 한마디로 정이 없지.

-웃긴다. 너.

-왜 웃긴데?

-그래서…… 넌 정이 있고?

─당연하지. 그러니까 너한테 말 거는 거잖아. 일주일 동안 한 명도 궁금해하지 않은 이름도 묻고.

그때, 마루는 운전석에 앉아 있는 남자를 바라봤다. 우중충한 잿빛 날씨에 아랑곳하지 않고 검은 선글라스를 끼고 있는, 아저 씨인지 동네 형인지 구분하기 어려운 외모가 인상적이었다.

마루가 얼핏 이 남자는 자기 이름을 신미라고 밝힌 여자애랑 무슨 관계일까 생각을 하던 순간, 신미가 이번에도 대화 주제에 서 한참 벗어나는 말을 꺼냈다.

─우리 친구 하자.
─뭐?
─짜증 나게 왜 한 말 반복하게 하지?
─아니, 황당해서. 다시 말해 봐. 뭐 하자고?
─친구 하자고. 친구란 뜻도 몰라?
─당연히 친구란 뜻은 알지. 그런데⋯⋯.
─그런데 또 무슨 문제야?
─그게 아니라 넌 아직 내 이름도 모르잖아. 그런데 어떻게 친구를 해?

-이름을 왜 몰라?

-알아?

-당근! 1학년 3반 마루. 김마루잖아.

-근데 너 웃긴다.

-또 웃긴다고 하네. 귀는 잘 안 들리고 맥없이 웃기만 하고.
그래, 이번엔 또 뭐가 웃긴데?

-내 이름 알고 있으면서 이름은 왜 물어?

-한 말 또 하게 하고 웃는 것도 모자라 피곤한 스타일이기까
지 하구나.

-좀 기분 나빠지려 하네.

-이름이 알고 싶다고 말한 게 무슨 뜻이겠어? 친구 하자는
게 핵심이잖아. 안 그래요? 요점정리.

마루는 차창을 내리고 말하는 신미보다 운전석에 앉아 있는
검은 선글라스가 더욱 신경 쓰였다. 웃는 건지, 아니면 인상을
쓰는 건지 알 수 없는 표정이었다. 그러거나 말거나. 마루는 때
맞춰 어슬렁거리는 속도로 종점을 향해 다가오는 버스를 발견
했다. 마루는 자리에서 일어났다. 그리고 신미를 향해 말했다.

－신미 학생.

－아이고, 올드해라. 신미 학생. 신미 학생.

－시비 걸지 마라.

－알았어. 왜?

－난 저 버스 타면 집 앞까지 무사히 도착하거든. 그러니까.

－그러니까 뭐? 또 무슨 문제라도 있어?

－나 안 태워 줘도 되고 동정하지 않아도 된다고.

마루는 순간, '내가 뭐 잘못 말했나?'라고 생각했다. 신미가 세상에서 가장 어이없다는 표정으로 마루를 바라봤기 때문이다. 아니나 다를까. 이어지는 신미의 말을 듣자마자 마루의 얼굴이 금방 벌겋게 달아올랐다.

－내가 언제 태워 준다고 했어? 그리고 버스 타고 다닌다고
　누가 동정하는데?

태풍처럼 몰아치는 쪽팔림에 마루는 곧바로 받아쳤다.

－그럼 왜 말 걸었는데?

- 친구 하려고 말 걸었지. 몇 번을 말해야 알아듣겠어? 슬슬

　 답답해지네.

- 왜 너랑 친구가 되어야 하는데?

- 너 진짜 웃긴다.

- 뭐가 자꾸 웃긴대?

- 내가 한 번 이렇게 물어볼까?

- 그래. 해 봐.

- 친구 하지 말아야 하는 이유 있어?

5

버스 기다리기.

사실 지겹고

너무 지겹고

또 지겹다.

지금이 벌써 몇 시야.

차 타고 내려가면 20십 분 만에 갈 수 있는 집을 완행 버스 타

고 1시간 30분을 뺑뺑 돌아 도착했다. 6시를 훌쩍 넘긴 뒤였다.

수십 동이 넘는 아파트 단지에서 마루가 살고 있는 집처럼, 서민들, 더 정확히 말해 찢어지게 가난한 사람들을 위한 임대 아파트는 단 한 동뿐이었다. 마루는 이곳 10층 1009호에서 할머니와 단둘이 살았다. 물론 그 임대는 영원한 임대가 아니다. 마루의 아빠 엄마가 연락을 끊고 실종된 탓에 오갈 데가 없어진 마루와 팔순을 훌쩍 넘긴 할머니를 불쌍히 여긴 국가에서 임시 거처로 마련해 준 것이다. 만약 둘 중 한 명이라도 돌아오면 나가야 했다. 돌볼 능력이 있는 부모가 나타났는데 임대 아파트에 더 뭉개고 있지 말라는 게 핵심이다. 그런데 마루가 한 가지 제대로 짜증 나는 건 아빠 엄마가 가출하기 이전에도 마루네 가족은 찢어지게 가난했다는 사실이다.

저녁 7시, 마루와 할머니는 서로를 마주 보며 밥을 먹었다. 저녁밥인데, 석유 냄새 나는 밥 한 공기에 반찬이라고는 간장이 전부였다. 마루는 밥 먹는 내내 할머니를 쳐다봤다. 팔십 하고도 두 살이나 더 먹은 나이라는데 마루네 할머니, 김정문 어르신은 주름이 별로 없는 고운 얼굴이었다. 그런데 결정적으로 우리 김

정문 어르신은 말을 하지 않는다. 잘 안 한다기보단 아예 하지 않는다. 마루는 할머니가 말하는 걸 태어나서 지금까지 한 번도 본 적이 없다. 할머니는 옅은 웃음기를 머금은 채 꼭 저녁이면 7시, 아침이면 8시에 맞춰서 밥을 차렸다. 마루가 7시를 훨씬 넘겨 늦게 들어가도 할머니는 밥상을 치우지 않고 기다렸다.

물에 말아 먹은 밥, 거기에 간장 한 그릇. 대충 저녁을 해치운 마루는 할머니를 보며 짜증인지, 아니면 철든 손주의 넋두리인지 모를 말들을 내뱉었다.

- 할머니는 참 좋겠다.
- …….
- 말도 안 하고 맨날 웃고만 있어서 편하고 좋겠다.
- …….
- 근데 난 어떡하냐.
- …….
- 맨날 짜증 한가득에 쏟아 버리고 싶은 말도 가득 쌓여 있는
  데.

이럴 때마다 할머니는 귀 기울여 듣는 표정을 지었다. 정말 뭘 듣긴 하는 걸까?

-아빠랑 엄마는 도대체 무슨 생각이래? 아니, 생각이란 걸 하기는 하는 거야?

-…….

-할머니, 내가 말을 안 해서 그렇지, 우리를 구청이나 시청 같은 데서 뭐라고 하는지 알아?

-…….

-생활보호대상자래. 보호대상자! 아, 쪽팔려.

-…….

-상황이 이런데, 엄마 아빠는 우리 둘만 두고 도대체 어딜 갔냐고!

할머니가 다시 웃는다.

-할머니! 지금이 웃을 때는 아니잖아. 지금은 막 울어야 하는 때야. 그렇잖아. 응?

-…….

－답답해 돌아 버리겠네.

그래도 할머니는 계속 웃는다.

－그만하자, 그만해.
－…….
－그래, 맞아. 할머니처럼 웃는 게 맞을지도 몰라. 그냥 웃자,
  웃어.

마루도 따라 웃었지만 허탈해서 쏟는 웃음에 가까웠다.

허허허.
하하하.
크크크큭.

어른 웃음소리 흉내를 내며 웃는 것도, 우는 것도 아닌 신음
소리를 내던 마루가 할머니 무릎에 머리를 대고 누웠다. 방이랄
게 없는 작은 임대 아파트. 창문 너머로 바깥 풍경이 보였다. 풍
경이라 해도 볼 만한 건 없다. 성냥갑처럼 쌓아 올린 다른 아파

트 단지가 모여 있는 게 전부다.

그래도 좋았다. 해가 길어지는 초여름 6월의 저녁 7시는 석양이 어슴푸레하게 지기 시작하는 때였다. 그래서인지 온통 붉게 물든 하늘을 지켜보는 마루의 감수성은 폭발 직전이었다. 중2병은 지나갔지만 마루는 이 정도의 사춘기스러운 감성은 느껴도 되는 거라고 자위했다.

그러거나 말거나.

이 정도 감상적인 것쯤 괜찮잖아. 안 그래?

물론 할머니는 아무 대답도 안 할 테지만 그래도 웃는 표정을 보는 건 싫지 않았다. 웃는 건 무조건 동의하는 것처럼 느껴지니까.

막연한 하루하루가 이렇게 지나갔다.

아빠 엄마가 다시 돌아와도 문제, 아예 안 돌아와도 문제라는 불안함으로 뒤엉킨 하루하루가.

6

사흘이 더 지났다.

마루는 1학년 3반 교실에서 가장 어둑어둑한 오른쪽 뒷자리
에 머리를 숙이고 잠들어 있었다. 수업 중인 건지 수업이 끝난
건지 마루는 별 관심이 없었다. 선생님들은 상냥하다 해야 할
까? 머리 처박고 잠든 마루를 크게 혼내거나 일어나라고 재촉하
지 않았다. 반 아이들은 아예 마루를 투명인간 취급했지만, 마루
도 이제 반 아이들을 의식하는 일 따위는 하지 않았다. 오직 한
명, 종구만 마루 옆에 앉아 앞뒤 안 맞는 자기 이야기를 쉴 새 없
이 떠들어 댔다. 마루는 부스스 일어나 그런 종구를 바라보는 다
른 아이들의 시선을 살폈다.

아이들은 종구를 신기하게 보지는 않았다. 오히려 그보다 더
복잡한 감정이 담긴 눈길로 바라봤다. 마루는 쓸쓸한 혼잣말을
했다.

지들은 뭐가 그렇게 잘나서.

입이 비쭉 나온 마루가 다시 머리를 박고 잠을 청하려 할 때

였다. 그러나 마루가 뭐, 살찐 고양이도 아니고 온종일 잘 순 없는 노릇. 더구나 다른 아이들은 눈에 불을 켜고 공부하는데 혼자 아무것도 안 하고 버티는 것도 쉬운 일이 아니었다. 마루는 잠이 쉬 오지 않아 억지로 눈을 감고 머리를 책상 바닥에 대고 비비적거렸다. 그때 누군가 마루의 머리를 쿡쿡 눌렀다. 마루는 종구가 그런 줄 알고 짜증을 부리며 말했다.

− 하지 마라. 지금 나 기분 안 좋다.

그래도 계속되는 쿡쿡.

− 하지 말라니까!
− 넌 어떻게 된 애가 맨날 기분이 안 좋냐?
− 응? 뭐야?

종구 목소리가 아니라 약간 허스키한 여자 목소리다. 마루는 고개를 들어 말을 건 사람을 바라봤다. 사흘 전 버스 정류장 앞에서 만났던 신미다. 허신미.

－네가 여긴 웬일이야?

마루는 주위를 둘러봤다. 아이들 역시 마루가 놀란 것만큼이나 놀란 표정들이었다. 신미가 아이들을 둘러보며 툭툭 잽을 날리는 복싱 선수처럼 퉁명스럽게 말했다.

－왜? 1학년 3반 김마루한테 말 걸면 안 돼? 전염병이라도
　옮아?

아이들이 모두 신미 눈을 피했다. 신미한테 대꾸 한마디 제대로 못 하는 걸 본 마루가 이번엔 신미의 이름표를 다시 한번 쳐다봤다. 그리고 중얼거렸다.

－1학년 맞는 것 같은데…….
－1학년 맞는데 뭐? 애들이 나한테 쩔쩔매는 것 같다고?
－가만히 지켜보면 그래.
－이건 말이야. 총량의 법칙 같은 거야.
－무슨 소리야?
－그런 복잡한 사실을 얘기하면 넌 분명히 못 알아들을 거야.

- 그냥 깔아뭉개라, 뭉개.

- 막막하다는 듯 눈만 깜빡거릴 것 같고, 아까운 쉬는 시간 다 버릴 것 같아. 자, 그러니까 맞춰 봐.

- 뭘?

- 너와 나, 우리가 나누는 대화의 본질은 뭘까?

- 무슨 말을 그렇게 어렵게 해.

- 오 마이 갓. 이조차 어렵다니.

- 대화의 본질? 대화하는 데 본질이고 뭐고가 왜 필요해? 그냥 하면 되지.

- 김마루.

- 내 이름을 성까지 붙여 부르다니!

- 왜? 이상해?

- 영 어색하다.

- 상관없어. 김마루, 우리 본질적인 대화를 시작해 볼래?

- 이미 하고 있잖아. 본질적인 대화.

- 자, 어때? 생각 좀 해 봤어?

- 뭘 생각해 봐?

- 얘 좀 봐. 은근 나쁜 남자네. 내 앞에서 끼 부리지 마. 그런 연기 안 통해.

- 아니. 그게 아니라 갑자기 머리를 쿡쿡 찌르더니 생각해 봤냐고 물어보면 내가 뭘 생각하고 있었는지 어떻게 아냐고.

- 오.

- 왜?

- 마루, 네가 지금 쏟아내는 말들 꽤 철학적이다. 호감도 상승하는데…….

- 너 진짜.

- 내 이름은 허신미라고 똑똑히 말했을 텐데.

- 그래. 허신미. 다시 묻자. 뭘 생각하냐고?

- 내가 사흘 전에 물었잖아.

- 뭘?

- 우리 사귀자고.

- 사귀자고?

- 쑥스러워서 돌려 말하는 거야? 매력 좀 떨어지는데.

- 야.

- 나 경고했다. 이름 부르라고.

- 그래. 허신미.

- 말해.

- 이건 쑥스러운 게 아니라 학문적으로 그 뭐야…… 지…….

- 지나친 비약?

- 그래! 지나친 비약. 아니, 어이없는 비약이야. 네가 친구 하
  자고 했지. 언제 사귀자고 했어?

마루는 다시 한번 교실을 둘러봤다. 자기도 모르게 웃음이 났
다. 하나같이 너무 놀라 기절하기 직전의 표정이었기 때문이다.
마루의 혼잣말이 습관처럼 튀어나왔다.

- 대체 신미 얘가 뭐길래 애들이 이렇게 놀라? 아니, 내가 또
  어디가 어때서? 이거 괜히 기분 안 좋아지네.

주변 눈치를 살피던 마루와 다르게 신미는 거침없었다.

- 지나친 비약이든 뭐든. 아니, 친구든 사귀자는 말이든 어떤
  말이 먼저 나오는 게 무슨 상관이야.
- 상관있는 거 아냐?
- 야. 김마루.
- 분명한 사실 하나 알려 줄까?
- 뭔데?

- 너 자꾸 김마루 김마루 하는데, 나 김 씨 아니라 박 씨거든. 박마루.

- 김마루가 아니라 박마루였어? 리얼리?

- 그래. 박마루.

- 성 붙여서 부르니까 촌스럽다.

- 지금 이름 갖고 시비 걸 때가 아닌 것 같은데. 쉬는 시간 딱 1분 남았어.

- 축구 경기로 말하면 1분에 두 골도 넣을 수 있어. 여하튼 핵심만 말하자.

- 그래. 말 잘했다. 핵심만 말하면 너나 나나 여태 성도 제대로 몰랐고, 그러니까.

- 친구가 먼저다?

- 그래. 그걸 먼저 얘기해야지. 아니, 그런데 그게 또 핵심은 아닌데…….

뭔가 분명히 말리고 있다는 느낌이 드는 순간, 신미가 대화의 '핵심'을 파고들었다.

- 지금 말할게. 친구가 먼저라면 친구 하자. 됐지?

―아니, 그게…….

―바로 이어서 말할게.

―완전 연타 치네.

―친구 사이 하면서 동시에 사귀자.

―와우.

―됐지?

―야, 허신미. 되긴 뭐가 돼?

―왜 또. 뭐가 문제야?

쉬는 시간 끝나기 10초 전, 마루는 목소리에 한껏 힘을 줘 답
했다.

―난 사귈 생각 없어. 허신미 너하고는.

―왜?

―응?

―왜 사귈 생각이 없냐고.

신미의 질문은 1학년 3반 아이들의 질문과 같아 보였다. 마루
의 귀에는 이렇게 들리는 것이다.

'너 같은 게 감히 신미가 사귀자는 데 거역해? 어떻게 그럴 수 있어?'

수업이 끝나자 종구가 마루에게 다가와 신미의 명성에 대해 말하기 시작했다.

　－신미가 사귀자고 했는데 단칼에 거절했다며?
　－옆에서 다 봐 놓고 뭘 꼭 전해 들은 사람처럼 물어봐.
　－신미를 퇴짜 놓다니. 대박!
　－뭐가 대박이야.
　－신미는 진짜 대단한 애야.
　－뭐가 대단한데? 집이? 아니면 신미가?
　－둘 다.

종구는 마루의 질문에 막힘 없이 답하고 그것도 모자라 추가 설명을 이어 갔다.

　－우리 학교에서 신미네 집이 제일 잘나갈걸.
　－뭐가 잘나가는 건데?

- 응? 그게 무슨 말이야?

- 어느 정도가 잘나가는 거냐고.

- 그렇게 어려운 건 잘 모르겠는데, 그냥 뭐 이것저것 다 합
  쳐서 제일 잘나가.

마루의 질문에 종구가 눈을 껌뻑이며 애매모호하게 답했다.
종구는 세세한 부분에 들어가면 답을 망설이는 습관이 있었다.
하지만 종구 녀석. 이번만큼은 확신이 넘친다. 신미에 대한 확신.

- 하나 더 말해 줄까? 신미는 집안도 잘나가지만 뉴욕에서 중
  학교까지 나왔는데 중학교 때 벌써 하버드, 예일 같은 데
  입학시험 문제에서 만점 받았대.

- 집 잘살고 공부 잘하는 게 잘나가는 거야?

- 그럼 아니야?

- 그래. 네 말이 맞다. 맞다고 해. 그런 게 잘나가는 거지 뭐.

다른 녀석들이 이상한 외계인 보듯 바라보는 건 참을 수 있었
다. 그런데 종구의 말은 마루의 마음에 꽤 오랫동안 지진을 일으
켰다.

신미는 종구가 말한 대로 학교에서 꽤 유명했다. 학교 방송국 아나운서였고, 학생회장이라며 나타나더니 원고도 없이 연설을 하기도 했다. 아침 등교 때는 빨간색 스포츠카에서 내리더니, 하교할 때는 검은색 대형 세단이 정문 가장 좋은 자리에 자리를 잡고 기다렸다.

그렇게 오가면서 마루는 신미와 적어도 열 번은 넘게 마주쳤다. 일주일 동안 벌어진 일이다. 복도에서 한두 번, 그리고 버스 정류장에서 한두 번. 그때마다 신미는 마루를 뚫어져라 바라봤다. 별다른 말은 하지 않았다. 마루는 그때 신미의 눈이 유난히 크다는 걸 느꼈다. 그리고 한 가지 더.

눈만 큰 게 아니었어. 가만히 보고 있으면 금방이라도 눈물이 쏟아질 것 같아.

그 눈을 생각하면서 마루는 조금, 아주 조금 이런 생각이 들었다. 종구나 다른 친구들이 바라보는 신미를 떠올린 것은 아니었다. 그러니까, 마루는 신미가 아주 조금은 예쁘다는 생각을 해보았다. 그 순간 마루는 고개를 억세게 흔들며 소리쳤다.

예쁘면 다 된다고? 그게 말이 돼?

예쁘면 사귀어도 되는 거야?

꼭 사귀어야 하는 필수 조건이냐고?

진짜 정말 뻔하고 유치 뽕이다.

드라마 주인공처럼 예쁘면 다 되는 거야?

그런데 이상하게도 마루의 마음속에 메아리치는 답은 뻔뻔할 정도로 분명했다.

야, 박마루. 당연하지! 말해 뭐 해?

예쁘면 사귀는 거야.

그러니까 빨리 직진해.

직진!

그래서였을까. 일주일 동안 신미가 딱 한 번만 더 '사귀자'고 말해 줬으면 어떨까 하는 생각이 들었다. 마루는 기다렸다. 정말 아무렇지도 않다는 듯 뚜벅뚜벅 걸어와 참고서 좀 빌려 달라고 말하는 것처럼 툭 '사귀자, 우리' 이렇게 한 번만 더 말해 주길.

하지만 마루의 판타지는 현실로 이어지지 않았다. 쪽팔렸던 건지, 아니면 변심한 건지 신미는 더 이상 마루에게 사귀자는 말을 하지 않았다. 마루를 모른 척하는 건 아니었다. 알은척은 꼬박꼬박했지만 다른 아이들이 마루에게 하는 투명인간 취급보다 나을 게 없어 보이는 의례적인 인사가 고작이었다. 신일고의 닭살 돋는 특징 중 하나가 마주치는 동급생들끼리 손을 흔들어 주며 안부를 묻는 건데, 신미도 그 정도가 고작이었다.

그렇게 일주일이 지나는 동안 마루에겐 또 한 가지, 재미있다고 해야 할지, 아니면 짜증 난다고 해야 할지 모를 일이 쌓여 버렸다. 과학 실습 시간에 벌어진 일이었다.

7

— 날 더는 선생이라 부르지 마라. 난 최저 시급도 간신히 받는 알바니까. 알겠습니까? 학생님들.

한순간 썰렁한 분위기가 연출됐다. 과학 실습실. 카이스트 연구실을 방불케 하는 곳이지만 정작 학생들은 심드렁한 표정이었다. 연구 의욕이 없다고 할 순 없다. 연구든 발표든 뭐든 내신에 해당되는 사항이고, 국내든 해외든 대학 진학에 꼭 필요한 옵션으로 작용할 테니 뭐든 열심히 하려고 발버둥 치는 게 일이니까. 학생들이 심드렁한 이유는 임시 과학교사인 마루의 담임 때문이었다.

－그래도 예의를 갖춰 설명해 주지. 내 이름은 경동호야.

날 선 첫마디와는 다르게 그래도 이름은 알려 준 과학윤리 선생은 누가 묻지도 않았는데 나이까지 밝혔다. 특이한 건 과목 이름은 과학윤리인데, 수업은 완전히 실습으로만 이루어졌다는 점이다. 경동호 선생은 융복합 시대에 필요한 컬래버레이션이라 학교에서 그렇게 가르치는 거라고 했다. 하지만 설명하는 그조차 이게 말이 되나 하는 표정이었다.

경동호는 스물아홉이란 나이가 믿기지 않을 정도로 노안인데다 패션까지 올드했다. 그는 스스로를 알바라 밝히면서 짐짓 자조적이고 멋있는 척하려 했지만 학생들이 무관심한 걸 보고 약간 뻘쭘했던지 바로 실습에 들어가자고 말했다.

- 그래. 나 같은 알바 따위한테 내줄 시간은 없다 이거지…….
학생님들이 늘 그렇지 뭐. 자, 실습이나 합시다. 실습이나.

실습 과제는 화학 물질을 제조하고 물질에 관한 메커니즘을
공식화하는 일이었다. 화학 물질을 제조한다 해서 폭발물이나
유해 가스가 배출되는 실험은 아니었고, 학생들 각자가 설정한
화학 공식이 실제로 구현 가능한지를 파악하는 작업이었다.

복잡하게 말은 했지만 마루가 뜨악한 표정을 지은 건 이어지
는 학생들의 태도였다. 실습은 단독이 아니라 조별로 진행됐다.
세 사람씩 조를 이뤄 공동 과제를 연구하고 그 결과를 발표하는
방식이다. 조를 어떻게 짤지 정해 준 건 선생 알바 경동호였는
데, 그가 내민 조 결성 방식은 이랬다.

 - 니들끼리 알아서 뭉쳐라. 그 정도는 할 수 있지?

경동호가 무심한 듯 시크하게 말하자 아이들은 평소에 짝을
맞췄던 멤버끼리 모여 눈 깜짝할 사이에 조 결성을 마무리했다.
문제는 마루였다. 마루 옆에는 아무도 없었다. 당연하다고 생각

했지만 마루를 당황시킨 건 따로 있었다. 마루의 옆자리를 지키고 앉아 있던 종구가 말했다.

- 잘됐다. 마루야.
- 뭐가 잘돼?
- 너랑 나랑 같은 조잖아.
- 나랑 같은 조인 게 뭐가 좋아?
- 넌 별로야? 난 좋은데…….
- 이봐. 종구 군.
- 종구 군? 꼭 선생님 같아.
- 질문 하나만 할게.
- 난 질문 같은 거 안 좋아하는데……. 그래도 친구가 꼭 질문을 한다니 받아들여야지. 해 봐.
- 너 화학에 대해 뭘 좀 알아?

마루의 질문에 종구는 큰 눈동자만 끔뻑거렸다.

- 주기율표가 뭔지 알아? 화학 이론 중에 알고 있는 이론 있어?

- 그런 걸 꼭 알아야 돼?

- 아, 돌아 버리겠네.

- 왜?

- 당근 알아야지. 알아야 공식도 쓰고 뭣도 하고. 여하튼 과학
  에 대해 창의적인 생각을 할 거 아니야.

- 그런 건 마루 네가 하면 되잖아.

- 아이고. 현타 오지다.

- 네가 하면 되는 거 아니야? 나 심부름 잘해.

- 종구야, 난 아무것도 몰라.

- 모른다고? 뭘 몰라?

- 이 학교는 어떻게 된 건지 아직 고1인데, 대학교 전공 수업
  책을 보고 있단 말이야. 알 수가 있어야지. ﹨

절망하던 마루는 고개를 푹 숙였다.

다른 조 아이들에게 말을 걸어도 돌아오는 건 '나도 잘 모르
겠어'란 말뿐이었다.

8

수업 시간이 끝날 때쯤 조라고 할 것도 없는 오합지졸 2인조에게 경동호가 어슬렁거리며 다가왔다. 그러고는 조심스럽게 말을 걸었다.

– 두 명의 학생님아. 뭘 좀 하긴 하는 거냐?

충분히 그렇게 물을 만하다고 생각한 마루는 조금 우울해졌다. 물론 종구는 반대였다. 녀석은 천진하게 웃어 보였다. 경동호는 종구의 해맑은 웃음을 씁쓸한 미소로 되받으며 말했다.

– 너희 조는…… 이렇게 명명해 보고 싶구나. 외인구단……, 어때? 썩 어울리지?
– 지금 놀리는 거죠? 알바 선생님.
– 조롱하는 건 내가 아니라 너 같은데?
– 제가 뭘요?
– 내가 나를 알바라고 했다고 너희들까지 날 알바 취급할 줄은 몰랐거든. 내가 이러려고 선생 하고 있나 하는 자괴감이

드네.

- 제가 정중히 다가가면 선생님도 솔직히 답해 주실 거예요?

- 내가 질문할 차례인데…… 도대체 조별 과제를 할 마음이
  있긴 하냐고.

경동호가 종구를 한 번 더 바라본 뒤 의심 섞인 눈초리로 마
루를 바라봤다. 하지만 마루는 꿀리지 않기로 했다.

까짓것. 이 없으면 잇몸이지! 그런데 이는 누구고 잇몸은 또
누구야?

- 과제야 당연히 하죠. 발표하는 거잖아요.

그렇게 당당한 표정을 지은 마루를 향해 경동호가 바로 되물
었다.

- 꽤 복잡한 거 알지?

- 뭐가 복잡한데요?

- 과제는 리포트야. 리포트가 무슨 말인지는 알지?

-당근이죠.

-그래. 리포트로 중간고사 등수가 결정되는데, 지금 너희가 하는 실습은 화학, 지구과학 이렇게 별개로 나눠진 분야가 아니야.

-그럼요?

-그 모든 과목을 합쳐서 하나의 사회과학적 통찰력을 키우는 게 리포트의 본질이지.

-와, 대박.

-대박? 지금 이 시점에서 뭘 대박이라고 보는 거지?

-과학 막 배우다가 갑자기 사회 운운하다가 사회과학 얘기하는 것도 대박이고요.

-그건 이미 말한 거고. 학교 방침이라잖아. 또 뭐 있어?

-제가 최근에 알게 된 어떤 애도 본질, 본질 그런 말 막 했거든요. 그런데 선생님도 본질 타령이네요.

-내 말은 과제가 그렇게 간단한 게 아니라는 거야.

-알았어요. 알아들었다고요.

-보아하니 발표 자료도 잘 만들 거 같아 보이지 않는구만.

-그건 선생님이 지켜보시면 알 일이고요. 이젠 제 질문에 답해 주셔야죠.

- 꼭 그래야 하는 의무가 있는 건 아닌 것 같지만. 그래, 한번
  해 봐. 질문.
- 선생님은 몇 개월 일하고 그만둬요?

질문을 던진 마루는 이어서 회심의 미소를 날렸다. 경동호는
마루가 어떤 의도로 질문했는지 알아차리곤 기분 나쁘게 웃었
다. 불쾌한 기분을 고스란히 드러내는 썩소에 가까웠다.

- 우리 박마루 학생님은 매사가 전투적이네.
- 전 선생님이 자꾸 학생님, 학생님 하는 게 꽤 현타 올 것 같
  아서 그래요.
- 그래. 아무튼 적절히 마음에 든다.
- 뭐가요?
- 신일고 식물들에 비해 동물적인 게 마음에 든다고. 좀 더
  편하게 말하자면 뭐랄까 짐승 같다고나 할까?
- 애들이 왜 식물처럼 보이는데요?
- 식물 또는 식물적이라 할 때 그 특징은 딱 하나야.
- 그 하나가 뭐죠?
- 살아 있는 걸 별로 고마워하지 않는 거지. 모든 게 다 주어

졌다고 믿거든. 물론 그 믿음이 사람 잡지만.

뭔 소리래?

– 근데 동물, 혹은 야수성은 다르지. 늘 배고프거든. 이대로
가만히 있다간 죽을 것 같거든. 실제로 가만히 있다가 죽기
도 하고. 그러니까 살려고 발버둥 치는 거야. 어떻게든 살아
남으려고. 박마루, 너처럼.
– 제가 언제 살고 싶어 발버둥 쳤어요?
– 내 눈엔 다 보이는데 어디서 발뺌이야.
– 선생님, 잘못 짚었어요. 전 별로 사는 게 재미없거든요.

이 타이밍에 종구도 한마디 거든다.

– 난 재미없지도 재미있지도 않아. 그저 그래.
– 그 옆에 뚱하게 서 있는 종구 군은 가만히 있고.
– 네, 선생님.
– 마루, 네 질문에 답해 볼까? 난 식물성이야.
– 전 선생님이 몇 개월 일하고 그만두냐고 물어본 건데요.

– 식물성이지만 짐승이길 원하지. 야수성을 장착하고 싶은 게 내 간절한 바람이야. 그런데…… 이 학교는 그걸 원하지 않아.

마루는 동문서답하는 듯한 경동호의 태도가 마음에 들지 않았다. 그렇지만 경동호가 아예 싫은 건 아니었다. 크고 투박한 뿔테 안경을 눌러쓴 경동호 선생은 얼핏 보면 세상일에는 무관심한 사람처럼 보인다. 하지만 설명하기 어려운 저항 의식이 느껴져서 좋았다. 자신과 같은 과일지도 모른다는 기대가 생겼다고 해야 할까.

하지만 마루에게 닥친 현실은 우울함 그 자체였다. 종구가 실습을 한다면서 약품이 담긴 초대형 비커에 베이킹 소다를 한가득 부어 버렸다. 그 모습을 본 경동호는 어이가 없어 박장대소했다. 다른 아이들은 가볍게 한숨만 쉬었다. 비커 위로 넘쳐 오르는 희디흰 소다 가루가 번지는 모습을 지켜보던 마루가 울먹이며 한마디 내뱉었다.

– 야야. 종구! 지금 뭐 하자는 거야. 왜 거기다 베이킹 소다를 넣고 난리야!

9

-기분 좀 풀어라.

-풀고 말고 할 게 뭐 있어.

-화난 거잖아. 그럼 친구 안 할 거고.

-화났다고 친구를 안 하는 게 어딨어?

-그럼…… 친구 계속하는 거야?

-친구는 그냥 그럭저럭 뭐든 함께하는 거야.

하교 후, 마루는 집으로 가려고 버스 정류장 벤치에 앉아 있었다. 그 옆에 나란히 앉은 종구. 종구가 과학 실습실에서 저지른 어이없는 실수에 대해 계속 사과했다. 하지만 마루는 이미 다 잊어버린 뒤였다. 그런데 문득 궁금해졌다. 종구가 이렇게까지 사과해야 할 정도로 심각한 일인지. 친구 사이 운운할 정도로.

-종구 친구.

-친구란 말을 그렇게 부르니 좀 어색한데.

-나 뭐 하나만 묻자.

-자꾸 뭘 그렇게 물어봐. 난 어려운 거 잘 몰라.

－어려운 건 아니지만 썩 궁금해서 말이야.

－궁금하면 알아야지. 무엇이든 물어보세요.

－너네 학교…… 아니, 이 학교에선 실수 같은 거 하면 친구
　로 인정 안 해 주냐?

　종구는 마루의 질문을 받자마자 심각한 표정이 되어 고개를
끄덕였다. 대답하는 데 오래 걸리지도 않았다.

－당연하지.

－그게 왜 당연해?

－실수했으니 자격 미달이 되는 거야.

－이 학교 웃기네. 실수하고 모자라면 친구가 될 수 없다는
　법이라도 있는 거야?

－그렇게 정해져 있어.

－누가 그렇게 정했는데?

　그때 황금빛 세단이 슬금슬금 버스 정류장으로 다가왔다. 보
는 이의 눈을 따갑게 할 정도로 느글느글 빛나는 황금빛이었다.
종구가 말했다.

- 엄마다.

- 우아, 이게 너네 엄마 차야?

- 응. 왜?

- 지난번엔 포르쉐 타고 왔던 거 같은데…….

- 그 차는 집에 있지.

- 어이쿠.

- 왜?

- 너네 집도 돈이라면 폭우처럼 쏟아질 정도로 많나 보다.

- 어떡하냐, 마루야. 엄마 왔는데. 대답해야 하는데…… 생각
  이 잘 안 나. 머리가 안 굴러가.

- 알았다, 알았어. 나중에 답해 줘. 먼저 가.

- 같이 안 갈래? 태워다 줄게.

같이 가자는 종구의 말과 달리 황금빛 세단의 문은 한 번도
열린 적이 없었다. 마루는 손사래 치며 종구를 차가 있는 쪽으로
가볍게 인도했다.

- 난 오늘 갈 데가 있다. 그러니 먼저 가라.

- 집에 안 가고 어디 가는데?

-비밀이다.

-비밀?

-친구끼리 비밀도 있으면 안 되는 법이라도 있냐?

-아니, 뭐 그런 건 아니고.

-그럼 그냥 비밀로 하자. 들어가라.

종구가 뒷좌석 문을 열고 타자마자 황금빛 세단은 쥐 죽은 듯 조용히 빠른 속도로 시야에서 벗어났다. 차 뒤편을 물끄러미 지켜보던 마루가 씁쓸한 혼잣말을 중얼거렸다.

-이건 뭐 툭하면 죄다 방탄 벤츠야.

10

마루는 할머니랑 언제까지 식은밥에 간장만 먹고살 수는 없다고 생각했다. 국가는 정말 어질고 친절하다. 마루네 아빠 엄마가 가출한 후 저렴한 월세의 임대 아파트도 빌려주고, 매달 할머니 명의로 노령수당도 주니까. 하지만 그것만으로 인간답게 살아가기란 불가능에 가깝다. 일단 학교를 다니지 않으면 모를까. 왔다 갔다 버스비 들지, 밥은 학교에서 먹여 준다지만 최소한의 교재비도 있어야 한다. 품위 유지비는 기대도 안 하지만 간식 비슷한 먹을거리 정도는 사야 하는 마루에겐 그야말로 돈이 너무나 필요했다.

학교, 집, 학교, 집으로 범생이 사이클을 무려 2주일 동안 반복하던 마루는 더는 참지 못하고 시내로 나왔다. 그리고 무작정 눈에 보이는 편의점으로 들어갔다. 아파트 단지들만 모여 있는 아파트촌에서 가장 쉽게 발견할 수 있는 곳. 마루처럼 돈 없고 버스 타고 다니는 복학생 고딩에게 원활한 출입을 허락한 곳은 편의점이 유일했기에.
마루는 알바 자리부터 확인했다.

편의점 알바는 쉽게 구할 수 있겠지?

하지만 기대와 다르게 마루를 반기는 편의점은 없었다. 오후 6시부터 9시까지 밥도 거른 채 돌아다닌 마루가 들른 편의점만 무려 서른 곳이 넘었다. 3시간 동안 발바닥에 땀나게 돌아다니며 알바를 구했지만 돌아오는 답은 하나같이 똑같았다.

　－자리 없습니다.

웃기고 앉아 있네. 알바 하나 하겠다는데 뭐가 이렇게 어려워.

지칠 대로 지친 마루는 스크래치 난 영혼을 부둥켜안고 마지막 편의점 앞 파라솔 의자에 앉아 바나나 우유에 편의점표 양파빵을 우걱우걱 씹어 댔다. 마루 혼자 그렇게 생각하는 건지도 모르지만 퇴근길에 편의점을 지나치는 아파트 주민들이 마루를 노숙자처럼 바라보는 것 같았다.

쳐다보거나 말거나.
아무튼 미치겠네.
이대로 그냥 돌아가야 하는 거야?

마루는 피 같은 버스비에 시간까지 날린 게 아까워 미치겠다는 분한 표정으로 바나나 우유의 마지막 한 방울까지 비웠다.
점점 기분이 더러워질 즈음, 그러니까 욕 한번 대차게 쏟아

내고 그만두려던 그때 누군가 마루에게 말을 걸었다. 부담스러
울 정도로 커다란 일회용 커피잔을 내밀며.

11

－마셔.

－…….

－빨리빨리 받아라. 팔 빠지겠다.

마루가 고개를 들어 보니 신미였다. 성인 남자 팔뚝 길이의
일회용 커피잔은 신미의 오른손에도 있었다.

－너, 내가 여기 있는 줄 어떻게 알았어?

－그냥. 대충 찾다 보니까 나오던데.

－날 왜 찾았어?

－일단 마셔.

－이걸?

－커피는 벤티 사이즈가 짱이지. 다른 애들은 무식하게 아이

스만 마시지만, 넌 안 그럴 것 같아 핫으로 샀어.

－이거 사 먹을 돈 있으면 김밥집에서 라볶이 사 먹겠다.

－그나저나 대답 언제 할 거야?

－무슨 대답?

－나랑 사귀자고 했잖아.

－나 참.

－절대 거절은 못 하겠고, 지금 팅기는 레벨 조정하는 거야?

－웃기고 있네.

알바 자리도 구하지 못해 허탕 친 마루는 신미의 말이 싫지
않았다. 그래. 그래도 신미라는 여자아이가 고백할 만큼은 괜찮
은 거지. 그런 마음이 마루를 원인 모르게 안심하게 한 것이다.

그래서 그럴까. 신미가 다시 한번 건넨 사귀자는 말에 마루는
쉽게 거절하지 못했다. 그런 마음을 신미가 알아본 걸까. 신미가
말했다.

－그럼 이렇게 하자.

－어떻게?

－사귀는 것도 뭣도 아닌, 썸 같은데 썸은 아닌 그런 사이. 한

번 달려 보자.

– 뭘 달려. 달리긴. 우리가 육상 캐냐?

– 네 말 조금 거슬린다. 나 지금 현타 올 거 같거든.

– 현타는 무슨.

– 어쨌든 나도 이 정도 참았으니까 적당히 튕기고, 우리 애매
모호하게 한번 가 보자.

– 나 애매모호한 거 젤 싫어하는데.

– 야, 박마루! 사람이 어떻게 좋아하는 것만 하고 살 수 있냐?
때론 싫어하는 것도 하고 그래야 발전이 있는 거야.

– 그래. 발전이 있다고 해 두자.

– 어? 웬일이야? 웬일로 내 말에 이렇게 고분고분해졌대?

– 좋아하는 걸 해 본 적이 과연 한 번이라도 있는가 싶어서.
내가 뭘 좋아하는지도 모르겠고.

– 그럼 지금부터 한번 해 봐. 좋아하는 거.

– …….

– 애매모호하긴 해도 그래도 서로 몰랐던 사람끼리 썸 타는
건데, 해 볼 만하지 않겠어?

– 그런데 신미.

– 오, 사귀기 시작하니까 이름도 라떼 맛처럼 불러 주는 거

야? 꽤 달콤한데.

-쓸데없는 소리 하지 말고.

-알았어. 말해.

-신미야.

-왜?

-우리 사귀는 거라면 말이지. 할 말이 있는데…….

-뭔데? 얼마든지 해. 다 들어줄게.

-나 알바 자리 하나 구해 줄래?

12

왜 그런 아이디어를 떠올렸는지, 아니 그걸 아이디어라고 하
는 게 맞는지 마루는 지금 이 순간도 그 말을 한 자신을 이해하
기 어려웠다.

신미는 마루의 부탁이라면 부탁인 이른바 구직 활동을 위해 과
감히 하룻저녁을 투자했다. 일단 우걱우걱 빵을 먹고 있던 편의
점 파라솔 의자에서 벗어나자고 했다. 그리고 신미가 벤티 사이

즈 아메리카노를 샀던 카페로 들어가 문을 닫을 때까지 가장 어둡고 추운 자리에 틀어박혀 구직 활동을 했다. 자, 그렇다면 길다면 길고 짧다면 짧다 할 수 있는 구직 활동의 결론은 어땠을까?

— 당연히 해피엔딩이지.

무제한 데이터를 자랑하는 신미의 아이폰 액정이 까맣게 변하는 순간 신미가 자신 있게 말했다.

— 정육식당 알바? 나보고 이걸 하라고?
— 카페 알바나 식당 알바나 다 똑같아. 카페 알바 해 봤지? 뭐든 겪으면 다 돼.
— 너 정육식당이 무슨 식당인지는 알고 있어?
— 너야말로 설마 뭐 정육이라 해서 도축장 같은 걸 상상하는 건 아니겠지.
— 당근 아니지.
— 고기를 팔기도 하고, 그 고기로 찌개를 끓여서 팔기도 하는 식당이 정육식당이잖아. 내 말 틀려? 맞지?
— 알긴 잘 아네. 그렇다면 좀 더 심각한데.

- 뭐가?
- 나보고 정말 정육식당에서 일하란 말이야?
- 박마루, 설마 알바에 귀천을 따지는 건 아니겠지?

알바 사이트를 뒤지고 또 뒤지며 신미가 내린 결론은 바로 정육식당 알바였다.

- 일단 근무시간이 짱이야. 오후 5시부터 9시. 또 뭐가 좋은
  줄 알아?
- 뭔데?
- 시급! 최저 시급보다 1.5배는 더 주잖아. 왜 더 많이 준다고
  생각해?
- 그거야 더럽게 힘드니까 그런 거겠지.
- 거기에 바로 역설의 비밀이 숨어 있어.

신미가 눈을 동그랗게 뜨며 말을 이었다.

- 정육식당이라니까 소, 돼지 피 묻히는 정육점 이미지에 술
  손님 받고 끊임없이 고기 굽는 일을 생각하기 마련인데, 정

육식당은 그런 곳이 아니야.

- 그럼 어떤 곳인데?

- 택시 기사 아저씨들이 바쁘게 일하다 잠깐 저녁 먹으려고 들르는 곳이라고.

- 그렇구나.

- 1분 1초가 바쁜 사람들이 뭘 먹겠어? 기껏해야 김치찌개 야. 그러니까 마루 넌 주방에서 나오는 김치찌개 냄비만 좋 다구나 하고 내오면 되는 거야. 딱 4시간만. 어때? 쉽지?

- 그런데 넌 어떻게 그렇게 잘 알아?

- 그냥······ 구글이나 인스타 뒤지다 보면 다 나와.

- 구글이나 인스타에 그런 게 있다고?

- 어허. 그런 건 그만 따지고. 내일 잊지 말고 여기 이 식당으로 가면 돼.

신미가 주위를 두리번거리다 냅킨 한 장을 집고 카운터로 달려갔다.

- 어디 가?

볼펜을 빌려 온 신미는 빠른 속도로 냅킨 위에 식당 약도를
그렸다.

　－이렇게 그려 놓고 보니 학교에서 가깝네. 찾아갈 수 있지?
　－그냥 톡으로 보내면 될 텐데…….
　－멋있잖아?

신미 말처럼 정말 멋지긴 했다.

　－리얼 설계도면 보는 것 같긴 하네. 너, 생각보다 잘하는 게
　　많다.
　－그걸 이제 알았단 말이야?
　－아무튼…….

마루는 냅킨을 반듯하게 접어서 교복 앞주머니에 조심스럽게
넣으며 말했다.

　－고맙다.
　－고마우면…… 사귀는 거다.

- 야! 너 진짜…….

- 왜? 감격했어? 나처럼 잘나가는 애가 자꾸 사귀자고 해서?

- 웃기네. 그런 거 아니거든.

- 그럼 뭐야?

- 기승전─썸이라 매우 당황스럽다고.

- 당황스러울 거 있나. 근데 마루 너.

- 뭐?

- 식당 알바는 해 봤어?

- 아니.

- 한 번도?

- 당연하지. 이제 막 고딩이 됐는데 어디 가서 식당 알바를 해 봐.

신미는 눈에 불을 켠 구직 활동이 물거품이 된 것 같은 표정을 지었다. 그리고 다음 날 신미는 마루의 도플갱어가 되었다.

13

- 왜 이러는 거야?

-너 혼자 놔두고 가는 게 그래서. 꼭 어린아이를 식당에 버
  리고 나오는 거 같잖아.

신미가 알아본 정육식당의 마음씨 좋아 보이는 사장은 이 상
황을 그냥 헤벌쭉 웃으며 지켜봤다. "열심히 하겠습니다!"라고
소리부터 와락 지르고 보던 마루 곁에 신미가 같이 있었다. 처음
부터 신미가 나선 건 아니었다. 정육식당 사장과 마루가 서로 마
주 보고 테이블에 앉아 있을 때, 신미는 면접 마지막까지 이어지
는 사장의 표정을 보며 그의 불안함을 읽고 말았다.

-아무래도 고등학생인 게 마음에 걸린다.

마루가 불만 가득한 목소리로 받아쳤다.

-고등학생이라고 해서 일 못 배우는 건 아니잖아요. 잘할 수
  있어요.
-정말?
-서빙부터 설거지, 홀 청소에다 조금만 더 배우면 불판 바꾸
  는 것도 할 수 있다니까요.

-그래?

처음엔 솔깃해하는 표정을 지은 사장. 하지만 금방 걱정과 근심이 가득한 표정으로 말했다.

-에이. 그래도 이건 아니야.
-왜 또 그러세요?
-학생 인상이 별로 안 좋아.
-제가 어디 가서 인상 안 좋다는 말은 거의 들어본 적 없거든요. 솔직히 지금 사장님한테 처음 듣는데요.
-어쨌든 안 좋아. 뒷맛이 구려.
-나 참. 제 인상이 뭐 어때서요?
-꼭 손님들한테 '왜 이런 걸 시켜 사람 귀찮게 해!'라고 시비 걸 인상 같잖아.

정육식당 사장은 겉으론 순해 보이지만 사람 속을 살살 긁는 스타일인 것 같다. 그 전략에 마루가 넘어간 걸까. 사장의 태도에 짜증이 한가득 목구멍 끝까지 올라왔다. 그 모습을 잽싸게 알아 본 신미가 사장에게 대뜸 이야기했다. 그야말로 파격 제

안이다.

　－그럼 저랑 같이 일하면요?

　－응?

　－야, 허신미. 그게 무슨 소리야?

　－두 사람 알바비 달라고 안 할게요. 나랑 애랑 같이 일하면
　　어때요?

　－한 사람 알바비에 둘이 일하겠다……. 원 플러스 원, 그런
　　건가?

　－그런 셈이죠.

　－야, 허신미!

　－마루야, 일단 알바부터 하고 봐야지. 그냥 한번 해 보자. 응?

　마루의 마음엔 신미에 대한 고마움보다는 쪽팔린다는 느낌이
더 강하게 파고들었다. 신미가 아니면 알바도 제대로 얻을 수 없
다는 쪽팔림일까. 그건 아닌 것 같았다. 신미와 함께 이름도 뭔
가 컨트리스러운 정육식당에서 같이 일한다는 쑥스러움이 쪽팔
림의 원인임에 틀림없었다. 마루는 감추고 싶었다. 자기가 일하
는 모습을, 자신의 가난을 신미에게 보여 주기 싫었다.

그렇지만 일단 알바부터 하고 봐야 한다는 신미의 마지막 말이 더 설득력이 있었다.

그렇다. 알바부터 하고 봐야 한다. 안 그러면 다음 달부터 할머니랑 같이 먹을 저녁이 없어질지도 모른다.

사람 좋은 얼굴을 한 정육식당 사장은 이게 웬 떡이냐 하는 눈빛으로 마루와 신미를 번갈아 바라보며 바로 일을 하자고 했다. 그렇게 둘은 첫날부터 함께 앞치마를 두르고 알바를 시작했다.

마루가 신미한테 왜 이렇게까지 하느냐고 물으려는 순간, 정육식당 사장의 다소 신경질적인 잔소리가 쏟아졌다.

　－이것 봐, 학생들. 여기선 알바를 해야지. 연애질은 학교 안
　　이나 밖에서 하든가.
　－연애질 아니거든요.
　－어쨌든 손님들 들어오잖아. 빨리 달려가 주문 받아!

평일 저녁 7시가 넘자 손님들이 밀물처럼 들어왔다. 함부로 밀려드는 파도처럼.

신미가 나섰다. 먼저 손님에게 주문 받고, 서빙하고, 고기도 구웠다. 마루도 곧 신미를 따라 일했다. 둘은 그야말로 번개처럼 왔다갔다했다. 온몸이 땀범벅이 되었다.

그렇게 얼마쯤 지났을까. 9시가 가까워지자 조금씩 여유가 생겼다. 마루가 완전 잘못 짚었다는 표정으로 신미에게 말했다.

– 고기 먹는 손님들이 없다고? 얘기가 다르잖아! 무슨 택시 기
  사 아저씨들이 죄다 삼겹살에 소주야! 운전은 언제 하는데!

신미는 마루의 얼굴을 빤히 쳐다봤다. 마루는 흘러내리는 땀을 닦으며 말문을 열었다.

– 왜 그러는데?
– 너 지금 바쁘다고 나 원망하는 거야?
– 알면 됐다고 말하고 싶은데…….
– 그런데?
– 안 그럴래…… 그것까지 말하면 내가 너무 싸가지 없는 것
  같아서.
– 알긴 아네.

-그런데 뭐야? 왜 그렇게 멀뚱히 쳐다봐.

자연스러운 결과인가. 마루도 신미를 빤히 쳐다봤다. 신미의 유
난히 작은 얼굴이 가까이서 보니까 더 작아 보였다. 신미의 숨소
리가 마루의 입과 코에 선선한 산들바람처럼 '훅' 하고 다가왔다.

-그냥……
-괜히 같이 고생해서 너도 짜증 나지?
-당연히 그건 아닌데, 내 판단 미스인 건 확실해. 택시 기사
  아저씨들 밥이 문제가 아니었어. 술이야, 술.
-술 마시면 고기 따라오는 게 당연한 거 아냐? 먹는 사람들
  은 좋지만 치우는 우리는 죽을 맛이잖아.
-그런데 마루.
-왜?
-너 가만히 보니 아름답게 생겼다.
-아름……답게?
-왜? 오글거리냐?
-오글거리기 보단 그 말 왠지 진심 같은데?

신미의 뜬금없는 말에 마루가 되물었다.

  – 내, 내가 잘생겨서 사귀자고 한 거 아냐? 뭘 새삼스럽게.
  – 전혀 아니거든.
  – 응?

순간, 마루의 얼굴이 화끈거렸다. 농담처럼 잘생긴 거 아니냐
고 말했는데, 신미가 너무 진지하게 반응했다.

  – 넌 잘생긴 거 아닌데, 그래서 사귀자고 한 것도 아니고.
  – 그럼 지금 아름답다고 말한 그 도발은 뭐냐?
  – 도발이란 단어 쓰는 고딩 진정 오랜만에 본다. 난 그냥 지
    금의 느낌을 말한 거야. 지금 너 꽤 멋있어.

그때 사장이 다가와 칭얼거리듯 우는소리를 냈다.

  – 학생들. 9시 땡 하기 전에는 알바생다운 근로 의욕이 계속
    되어야 합니다. 그 점 명심하세요.

14

끝나고 돌아가는 길. 신미는 마루와 오랜 시간 같이 있을 수 없었다. 식당에서 나오자마자 신미를 기다리는 황금빛 세단이 보였다. 버스 정류장에서 몇 미터 떨어진 곳에 시동을 걸어 놓고 대기 중이었다. 마루가 차를 보며 조금 걱정스러운 표정으로 말했다.

- 너네 부모님 나 잡아서 막 때리시는 거 아니냐?
- 왜 그렇게 생각해?
- 그렇잖아. 학교에서 제일 잘나가는 애 붙잡아서 정육식당에서 알바 시킨다고 말이야. 이런 거 요즘 말로 하면 일종의 착취잖아.
- 착취라면…… 일종의 노동력 착취를 말하는 건가?
- 게다가 상황을 잘못 읽으면 난 일진에 폭력 학생 되는 거고 넌…….
- 난 어떻게 되는데?

다시 신미가 마루를 빤히 쳐다봤다. 10시를 향해 가는 시간,

인적이 드문 거리를 함께 걷는 순간이었다. 마루는 신미를 보며 자기도 모르게 침을 한 번 삼켰다. 그리고 헛기침도 한 번 한 뒤 말했다.

— 넌 피해 학생에다 거 뭐냐 셔틀당하는……. 또 그 뭐냐.

— 강제로 노동력 착취까지 당하고?

— 그래. 말 잘한다. 알바해서 번 돈까지 삥 뜯기는 피해 학생이 된다 이 말이야.

— 내가 삥 뜯긴 게 아니면 되는 거지. 그게 뭐 중요해?

— 나한테는 중요하지. 너, 내가 복학생이란 사실 잊었어?

— 중요할 거 없어. 중요한 건 너랑 나랑 썸을 타고 있다는 사실이지.

— 썸 타는 고딩의 몸에 짙게 스미는 삼겹살과 소주 냄새라니. 이건 진짜 어색하다.

— 어쨌든 넌 무죄야. 그런데 하나 남았어.

— 뭐가?

— 아직 내가 사귀자는 말에 정확히 답하진 않았거든.

— 꼭 답해야 돼? 그건 애매모호하게 처리 안 돼?

마루의 질문에 대한 신미의 답, 이것만큼은 단호했다.

－응. 그건 절대 안 돼.

15

그렇게 또 일주일이 지났다.

중간고사 기간이 다가왔다. 마루는 신미를 걱정스럽게 바라봤다. 학교가 끝나는 오후 4시에 마루는 버스를 타고, 신미는 황금빛 세단을 타고 각자 출발해서 정육식당에서 만나 알바를 했다. 사장은 이젠 아예 둘이 함께 출근하는 걸 당연하게 여겼다. 신미는 정각 5시에 들어오는 마루보다 꼭 10분 일찍 식당에 도착했다.

일주일 동안 마루와 신미의 방과 후 4시간은 시곗바늘처럼 정확하게 움직였다. 식당은 평일, 주말 가리지 않고 바빴다. 주요 손님인 택시 기사들도 마루와 신미를 알아보기 시작했다.

— 학생, 둘이 정말 연애하는 거 맞아?

정육식당 사장의 갑작스러운 질문에 마루가 망설이는 동안
신미는 바로 대답했다.

— 같이 밥 먹고 같이 일하면 연애 아닌가요?
— 난 마누라랑 꼬박꼬박 하루 한 끼는 먹고 일도 같이하는데
　연애란 생각을 해 본 적이 없거든.
— 그건 두 분이 매너리즘에 빠진 탓이고요.
— 매너리즘이라……. 학생, 말을 썩 어렵게 하네. 어쨌든 내가
　볼 땐 학생들은 연애라기보단 뭐랄까.
— 어떻게 보이는데요?
— 세상 다 산 것처럼 보이는 해탈한 누나와 세상에 불만 가득
　한 철부지 동생의 만남처럼 보인다고 해야 되나. 대충 그런
　느낌이야.
— 해탈한 누나와 철부지 동생이라……. 거 말씀 참 어이없게
　잘하시네요.

사장의 말에 마루가 불쑥 끼어들었다.

- 전 세상에 불만이 많은 게 아니라 세상을 제대로 보고 싶은 것뿐인데요.
- 그것도 그렇지만 고1이 가진 생각치고는 너무 좀 그래. 아예 택시 아재들처럼 정치하는 사람들 씹어 대면서 시간을 보내는 것도 아니고. 그냥 좀 저렴해.

마루가 더 대꾸하지 않는 걸 본 신미가 말을 이었다.

- 그런데요, 아저씨. 하나는 틀렸어요.
- 뭔데?
- 제가 세상 다 산 것처럼 보인다 했죠?
- 해탈한 도인처럼 말하는 걸 봤지.
- 그건 세상 다 산 게 아니에요.
- 그럼?
- 세상을 한 번도 제대로 못 살아 봐서 그래요. 아니면, 난 세상에 없는 계절이던지.

마루는 신미가 무슨 생각으로 그런 말을 했는지 이해하지 못했다. 신미의 말은 마루의 머리와 마음에 꽤 오랜 시간 앙금이 되어 남았다.

　여기에 또 하나. 매일 삼겹살에 소주 한 병을 시키던 단골손님이 한 말이 마루의 성질을 돋웠다.

　－둘이 사귀는 거 맞지?

　단골손님의 짐작에 마루와 신미는 긍정도 부정도 하지 않았다. 그러자 반쯤 남은 소주잔을 비운 단골손님이 바로 말을 이었다.

　－사귀는 거 맞구먼. 그럼 총각, 총각이 이 처자를 꽉 잡아야
　　돼. 암, 그래야 하고말고.

　아니, 지금 세상이 어떤 세상인데 처자, 총각이야. 이 아저씨, 어디 조선 시대에서 왔나?

　마루의 얼굴에는 이미 짜증이 가득 차 있었다. 단골손님은 그런 반응 따위에 아랑곳 않고 '처자'라고 부른 신미에 대해 말을 이었다.

─ 이 처자, 관상이 대단해. 크게 될 인물이야.

관상이란 말에 신미가 관심을 기울였다.

─ 관상이면 얼굴 생김새로 운명을 점치는 거 말하는 거죠?
─ 잘 아네. 맞아. 학생의 생김새가 대단하다고.
─ 제 관상이 어떤데요?

신미의 질문에 단골손님은 망설임 없이 답했다.

─ 세상에 있는 모든 걸 가질 관상이야.

16

월급날이 다가오는 하루하루. 웬일인지 식당이 한가해 마루
와 신미는 나란히 앉아 믹스 커피를 홀짝거렸다. 마루는 '뭐 이
런 날도 있어야지' 하는 생각으로 사장이 노려보거나 말거나 종
이컵을 손에 쥐었다. 신미가 물었다.

- 넌 왜 아메리카노 안 마시고 이런 거 마셔?

- 그냥. 끼 부리는 것 같아서.

- 아메리카노 마시는 게 무슨 끼 부리는 거야? 넌 참 이상한 방향으로 삐딱하다.

- 맞아, 삐딱한 거.

- 어? 웬일이야? 내 말에 토 달지 않네.

- 내가 언제는 맨날 툴툴거린 것처럼 말한다.

- 그랬다면 미안.

잠시 후, 마루가 말했다.

- 넌 어쩌면 스토커가 아닌가 싶다.

- 스토커는 상대가 원치 않는데 따라붙는 걸 의미하지?

- 당근.

- 하지만 난 안 그래. 그렇지 않아?

- 내가 원한다고 생각해?

- 적어도 싫어하진 않잖아.

- 음.

- 그렇지?

잠시 후, 마루는 고개를 끄덕였다.

-그건 맞네.

-맞잖아.

-그러면 우리 사귀는 거야?

-그걸 나한테 물으면 어떡해? 마루 네가 답해야 돼.

-응. 사귀는 거 맞아. 이렇게?

-아니.

-그럼 어떻게?

-내가 사귀자고 했으니 넌 이렇게 대답해야 돼.

-......?

-그래. 사귀자. 이렇게.

-오글거린다.

-그래도 그렇게 답해 줄 수 있어?

-.......

-응? 말해 줄 수 있냐고?

-글쎄.

-글쎄?

-아직은.

신미의 얼굴에 약간의 그늘이 지는 게 느껴졌다. 그 그늘이 마루의 마음에 덜컥 걸렸다. 그리고 꽤 오랜 시간 마루의 마음에 남았다.

17

신일고는 중간고사, 아니 시험 보는 형식 자체가 매우 독특했다. 적어도 마루가 보기엔 그랬다. 시험을 발표로 대신하다니. 그것도 조별로.

과학 실습실에서 조를 나누기 시작했을 때 마루는 철저하게 외면당했다. 그런 마루에게 남은 건 사람 좋은 얼굴을 하고 앉아 있는 종구뿐이었다.

마루는 자신과 한 조가 된 종구가 고마웠다. 소년 구치소를 다녀온—물론 마루 입장에서 보면 피가 거꾸로 솟을 정도로 억울하지만—복학생인 자신을 다른 아이들처럼 편견에 찬 시선으로 바라보지 않았다. 하지만 고마운 느낌과는 별개로, 종구는 마루를 늘 답답하게 했다. 다른 아이들이 종구와 어울리지 않는 이유를 마루는 굳이 생각하고 싶지 않았다. 사람마다 개성이 다르니까. 하지만 종구는 정말 결정적인 부분에서 늘 머리가 백지처럼 하얗게 변했다. 과학 실습 중에 벌어진 일이다.

- 야, 종구. 선생님이 방금 전에 뭐라고 했어?

경동호 선생이 수업을 마치고 나간 직후 마루는 다음 주 준비물을 확인하려고 종구의 메모장을 살폈다. 하지만 종구의 메모장은 텅 비어 있었다. 종구가 방금 전 무엇무엇을 준비하라는 경동호 선생의 말을 듣지 않은 것도 아니었다. 두 눈이 초롱초롱하게 뭔가 열심히 받아 적었다. 틀림없다. 마루는 그렇게 기억한다. 그런데 이게 웬일인가. 종구의 메모장에는 아무것도 적혀 있지 않았다.

- 아까 막 적고 그랬잖아. 그런데 이게 뭐야? 왜 백지야?
- 아니, 그게 뭐라고 하긴 하셨는데……. 기억이 안 나네.
- 아까 분명히 들었잖아? 아니야?
- 응. 들었지.
- 그런데 왜 기억 못 해?

-정말. 그런데 믿기 어렵겠지만 정말 기억이 안 나.

-아, 답답하네. 야, 종구야.

-응. 말해. 마루야.

-이래서야 어떻게 발표를 하겠어? 응?

그래도 그 정도는 넘어갈 수 있었다. 머릿속 지도를 대충 좇아가다 보면 드문드문 기억나는 것들을 얼기설기 엮어 넘길 수는 있을 테니까. 하지만 중간고사를 앞두고 실전에 들어가는 순간 마루는 숨이 탁 막혔다.

-피피티를 어떻게 만드는지 모른다고?

-응.

-그럼 엑셀은?

-당근 못하지.

-종구야, 너 최신형 노트북 있잖아.

마루가 종구의 자리에서 노트북을 꺼내 바탕 화면을 보여 주며 말했다.

－이 아이콘이 보고서 작성을 위한 피피티랑 엑셀이야. 그런
데 할 줄 모른다고?

－마루야. 너는? 넌 안 배웠어?

－안 배운 게 아니라 못 배웠다. 노트북도 없고 피시방 갈 돈
도 없어서 학교 컴퓨터실에서 잠깐 써 본 게 다야. 할 줄 아
는 건 한글 조금.

－그럼 어떡해?

－정말 너 조금도 할 줄 몰라?

종구가 이번엔 대답 대신 고개를 가로저었다.

－한글도?

－응. 그것도.

마루는 정말 답답해 미칠 것 같았다. 하지만 종구는 이런 마
루의 마음을 아는지 모르는지 현재 상황과 전혀 상관없는 엉뚱
한 질문을 던졌다.

－그런데 마루 너 좀 달라진 것 같다.

–아니, 지금 이 대목에 무슨……. 그래. 내가 어디가 달라졌
  는데?

–처음엔 수업이고 뭐고 다 필요 없고 시간아 가라, 나는 잔
  다 하는 분위기였는데 지금은 엄청 진지하잖아.

–웃기시네.

–마루, 널 처음 봤을 땐 분명 그랬어.

–그런데…… 지금은 달라?

–응. 완전 달라.

–구체적으로 어떻게 달라졌는데?

–뭐든 해 보려는 분위기야. 의욕이 가득하니깐 리포트 형식
  도 채우려고 파일 만드는 거 아냐?

종구의 말을 듣고 보니 그런 것도 같았다. 실험 결과가 나오
면 과정을 꼼꼼히 정리해 적어 놓은 마루. 그걸 제대로 발표하고
픈 욕심마저 들었다. 그 욕심에 눈뜨자 종구와 호흡을 맞추는 게
거의 불가능에 가까워졌다.

아무것도 하지 못하는 종구를 탓하고 싶은 생각은 없었다. 다
른 조에 합류하고 싶은 생각도 없었다. 단지 종구가 답답했다.
종구는 마루의 그런 마음을 아는지 모르는지, 마루가 이미 준비

해 둔 발표 자료를 뚫어져라 보며 극찬을 아끼지 않았다.

- 내가 볼 때 마루 넌 천재인 것 같아. 못하는 게 없어.
- 종구야, 난 대신 머니가 없잖아.
- 돈이 없다고? 그럼 너 혹시 가상화폐만 쓰는 거야? 블록체
  인 같은 걸로?
- 와, 미치겠네.
- 내 예상이 맞았어. 우리 마루는 나처럼 지폐를 갖고 다닐
  레벨이 아니야.
- 진짜 돌겠다, 돌겠어.
- 왜 그래, 마루야. 돌지 마. 우리 끝까지 잘해 보자. 응? 아!
  아샤! 빠샤!

사실상 종구는 아무 일도 하지 않았다. 그저 늘 '힘내자! 아
샤! 빠샤!'를 반복할 뿐.

그러나 종구가 백지 상태에서 하는 말 중 마루의 기억 속에
오랫동안 남는 말도 있기 마련이다.

- 내가 친구 하난 든든하게 만난 것 같다. 마루, 너도 그렇지?

18

중간고사 발표일이 이틀 앞으로 다가오자 마루는 더욱 초조해졌다. 실수할 게 두렵다면 모르겠지만 그건 아니다. 마루는 지금 특별사립민족고등학교 신일고에 문제없이 재학 중인 것만 해도 감지덕지할 처지였다. 무사 졸업이 목표인 마루에게 학교가 요구하는 건 우수한 성적, 학교를 빛내 줄 대외 활동 같은 게 아니었다. 그저 꼬박꼬박 수업에 잘 나오고 중간고사나 기말고사 등 내신으로 체크해야 할 리포트나 발표에 참여만 해 주면 되는 거였다.

마루가 진짜 걱정하는 건 신미였다. 신일고에서 신미를 모르는 사람은 없는 것 같았다. 학생들과 선생들 모두 신미를 유명한 엘리트라고 이야기했다.

국내가 좁아 미국 진출, 그것도 예일이나 하버드 같은 곳에도 충분히 입학 가능한 영재 소리를 듣는 신미는 신일고의 자랑이었다.

그렇게 자랑스러운 엄친딸이 소년원 출신으로 낙인찍힌 복학생의 일을 돕기 위해 정육식당에서 알바를 하고 있다니. 마루의 머릿속에 순간 혼잣말처럼 한 가지 질문이 떠올랐다.

이 상황을 어떻게 이해할 수 있지?

마루는 자기 자신도 이해 못 하겠는데, 다른 아이들이 이 사실을 어떻게 받아들일지 걱정스러웠다. 아니, 아이들은 고사하고 신미네 부모님은 어떻게 생각할까. 마루의 초조함은 끝내 현실 속 대사로 튀어나왔다. 세상에. 조금만 참으면 좋겠는데. 마루는 식당이 바쁘건 말건 신미에게 물어보고야 말았다.

 -신미야, 나 할 말 있어.
 -할 말 있다니까 영 무섭다. 그래도 들어 봐야겠지?
 -나 이러다 유괴범으로 잡혀 가는 거 아니냐?

마루의 말에 신미가 어이가 없다는 표정을 하며 되물었다.

 -내가 무슨 미취학 아동이야. 유괴는 무슨 유괴야.
 -아니면 그거 뭐냐. 그…….
 -노동력 착취?

― 그렇지. 착취. 일진 따위의 불량 학생이 범생이 빵셔틀 시키
  는 줄 알 거 아냐.

― 박마루.

― 왜?

― 너 이 지점에선 꽤 실망이다.

― 실망? 내가?

― 난 네가 다른 애들 눈치 안 보고 자기 소신을 지키는 게 좋
  았어. 남들 눈치 안 보고 네 길을 가잖아. 안 그래?

― 그건 그래. 그런데?

― 그런데 왜 자기 자신을 못 믿어?

― 내가 못 믿는다고?

― 내가 널 알고, 마루 너도 날 알잖아. 우리 둘이 친구로서 같
  은 일을 하고 있다는 거. 그게 사실 아니야?

― 그렇긴 하지만 뭔가…….

― 그럼 된 거야. 다른 사람이 어떻게 생각하든 그게 무슨 상
  관이야. 우린 친구잖아. 그리고…….

― ……?

― 우린 썸 타는 사이잖아.

사장은 똥줄이 타는 표정으로 주문받은 음식이 담긴 쟁반을 들고 서 있는 마루와 신미를 번갈아 노려봤다. '한창 바쁜 시간에 웬 사랑싸움?' 하는 표정이 분명했다. 잠시 머뭇거리던 마루가 대뜸 화제를 바꿔 말했다.

－너네 부모님은 어떡하고? 부모님은 남이 아니잖아.

－거기까지 신경 쓰지 마세요.

－부모님하고 사이가 안 좋아?

－좋지도, 나쁘지도 않아.

－그럼 대체 뭐가 문제야?

－잠깐 스톱. 그게 중요한 게 아니고.

－그럼 뭐가 중요한데?

－난 지금 마루 너한테 실망하지 않으려고 다시 질문하고 싶어졌어.

－뭘?

－날 못 믿어?

－아니. 내가 왜 못 믿어? 믿어, 믿는다고.

－날 믿으면 그럼……, 널 못 믿어? 구체적으로 말할까. 너 자신을 불신하는 건가?

- 아니야. 믿어.

- 그래. 그럼 됐어.

- …….

- 그럼 됐어.

말을 끝낸 신미가 음식을 손님 테이블에 올려놓고 주방으로 걸어갔다. 주방 안으로 가는 게 마루의 눈에 분명히 들어왔는데…… 그랬는데…… 주방으로 다시 고개를 돌려 보니 신미가 보이지 않았다. 설마 하는 마음에 주방 쪽으로 다가간 마루. 순간, 바닥에 쓰러진 신미가 눈에 들어왔다. 마루는 소리를 지르며 주방 안으로 뛰어갔다. 주방장 아줌마와 사장의 얼굴이 창백해졌다.

- 야!

- …….

- 야, 왜 이래? 허신미! 신미야, 정신 차려!

아무리 소리쳐도 신미는 깨어나지 않았다. 마네킹처럼 아무 반응이 없었다.

마루가 다시 소리쳤다.

 - 야! 허신미! 일어나라고!

19

초여름의 저녁은 뭔가 애매하다. 후덥지근한 건 여전한데, 그렇다고 비지땀을 흘릴 만큼 푹푹 찌는 건 아닌, 하지만 적어도 40킬로그램은 넘는 누군가를 둘러업고 전속력으로 어딘가를 향해 달린다면 이야기는 달라진다.

마루는 쓰러진 신미를 곧바로 둘러업고 식당을 빠져나왔다. 사장이 뒤에서 뭐라고 고함을 치며 난리도 아니었다. 하지만 마루의 귀엔 아예 들리지도 않았다. 이 악물고 뛰어도 모자랄 판에 마루는 거칠게 숨을 쉬며 뭔가를 중얼거렸다.

 - 처음부터 알바를 같이하는 게 아니었어. 보기에도 그렇고 완전 약골처럼 보였는데……. 얼굴은 또 왜 이렇게 하얀 거

야? 이렇게 쓰러져서 가만히 숨 못 쉬면 죽는 거 아니야?

어쩌면 무가치한 우려, 두려움의 폭풍이 마루의 머리를 강하게 짓눌렀다. 여러 생각이 머리를 짓누를수록 마루의 발은 더 무거워졌다.

한 발자국 앞으로 나가는 게 이렇게 힘들다니. 또 병원은 왜 이렇게 먼 거야? 이거 뭐 이래! 드라마에서는 이렇게 쓰러지고 나면 바로 응급실로 점프하던데, 종합병원은 바라지도 않아. 작은 병원 하나쯤 나와 줄 법도 한 거 아냐!

마루는 신미를 등에 업고 사거리, 골목, 그야말로 숨도 쉬지 않고 뛰어다녔다. 한낮의 미친개처럼 뛰어다니다 보니 땀방울이 앞머리를 타고 구슬비 떨어지듯 쏟아졌다. 마루는 눈앞이 캄캄해지는 걸 느꼈다. 숨이 벅차 머리가 어질어질했다.
결국 마루는 막다른 골목 앞에서 멈춰 섰다. 해가 길어진 초여름 저녁 8시라 그랬는지 그제야 가로등이 하나둘씩 켜졌다. 막다른 골목에 자리 잡은 3미터 높이의 가로등에도 '찌르르' 하며 불이 켜졌다. 마루가 막다른 곳을 바라봤다. 짙은 청록색

덩굴이 험하게 뒤엉켜 있는, 크고 높은 벽돌로 만들어진 담장이었다.

담장을 바라보던 마루가 그 자리에 웅크리고 주저앉았다. 신미는 여전히 땀으로 흠뻑 젖은 마루의 등에 업혀 있었다.

아, 미치겠네. 병원! 병원이 왜 없는 거야! 왜 없어!

마루가 견딜 수 없는 초조함에 혼잣말을 쏟아 냈다. 농담 안보태고 농도 짙은 땀방울들과 섞여서 그렇지 눈물도 찔끔찔끔 흘렸는지도 모른다.

그때, 마루의 뒷덜미, 귓불 부근에 옅은 바람 같은 촉감이 사르르 스며들었다. 사람 숨소리 같은 게 느껴졌다. '신미가?' 하는 마음에 고개를 돌리려 하는 찰나 마루의 등에 업혀 있던 신미가 언제나처럼 쿨하고 씩씩한 목소리로 말했다.

– 마루야.
– 허신미! 너 괜찮은 거야?

마루가 몸을 일으켜 신미를 담벼락에 기대게 했다. 그리고 아직은 눈빛이 흐리멍덩해 보이는 신미의 뺨을 결코 약하지 않은 세기로 두어 번 툭툭 쳤다. 그러자 신미의 인상이 확 구겨졌다.

- 아파! 왜 때려?
- 야, 허신미. 너…….
- 왜?
- 너 정신 돌아온 거야?
- 네가 자꾸 들썩거리며 뛰어다닌 덕분에.
- 정말 괜찮아?
- 괜찮은 건 괜찮은 건데…… 야, 박마루.
- 응.

마루는 긴장의 끈을 놓지 않았다. 신미의 얼굴이 가로등 불빛에 비쳐 그런 걸까. 창백하다기보단 인형처럼 하얗게 보였다. 또렷한 이목구비가 도드라지며 마루의 눈에 들어왔다. 마루는 신미가 혹시라도 다시 쓰러질까 싶어 어깨를 붙잡고 가급적 똑바로 벽에 기대게 했다. 신미가 안절부절못하는 마루를 보곤 씩 웃으며 말을 이었다.

　－마루야, 너 똑똑한 줄 알았는데 전반적으로 무지하구나.
　－뭐?
　－119 부르면 되잖아. 3분이면 오는 걸 왜 힘들게 업고 뛰어?
　　이렇게 뛰어서 10분 안에 병원 도착이나 하겠어?
　－야!
　－작게 좀 말해. 다 들려.
　－허신미.
　－그러니까 왜?

　마루의 답은 말이 아닌 달콤한 행동이었다. 가로등 불빛에 비친 유난히 동그란 검은 눈동자가 마루의 숨을 더욱 거칠게 뛰게 했다. 초여름 저녁의 바람이 이렇게 달고 시원할 수가 있을까. 마루는 불어오는 바람의 노래를 따라 신미의 입술에 입을 맞췄다. 처음 한 번은 부드럽게, 그다음 한 번은 좀 더 망설이듯. 하지만 세 번째는 조금 적극적으로.

　이런 게 키스라는 걸까. 마루의 입술이 살포시 신미의 입술에 포개어진 뒤 마루는 갑자기 고개를 숙였다. 신미는 마루의 쑥스러워 견딜 수 없는, 쓰러졌던 자신보다 더 강한 어지러움을 느끼는 마루의 두방망이질 하는 심장의 설렘을 아는 걸까. 모르는 걸까.

－이런 이런. 이게 지금 뭐 하는 상황이지?

신미는 대뜸 폭소하며 마루를 보고 말했다. 마루는 여전히 고개를 숙이고 있었다. 마치 속죄를 기다리는 어린양처럼. 그런 마루의 고개를 들어 올린 건 신미의 두 손이었다. 신미는 갓 피어오른 꽃 한 송이를 쓰다듬듯 마루의 얼굴을 슬며시 감싸 부드럽게 들어 올렸다. 신미와 마루, 둘은 서로를 마주 봤다. 신미가 말했다.

－뭐 하는 거냐고?

마루가 숨을 한 번 길게 쉬고 말했다.

－답한 거야.

- 어떤 질문에?

- 사귀자는 네 제안에 답한 거라고.

- 로맨스 소설 많이 읽었나 봐.

- 야, 그런 거 아니고…… 고백 하나 해도 돼?

- 고백이라니 더 오글거린다.

- 하지 마?

- 그래. 어디 한번 해 봐. 그 고백.

- 나 여자 사람, 처음 사귄다.

- 그래서?

- 응?

- 그래서 나보고 하드 캐리 하라고? 여자 사람과 처음 사귀니까?

마루가 답을 하지 못하고 약간 멍한 표정으로 눈만 깜빡거렸다. 그때, 이번엔 신미가 말 대신 행동으로 답했다. 사귀자는 고1 남녀의 질문에 대한 가장 적절한 답을.

이어진 신미의 키스.
그 키스는 마루의 심장을 완전히 멈추게 했다.

얼굴이 새하얗게 질린 건 이제 신미가 아니라 마루였다. 신미 역시 마루의 가장 용기 있는, 또는 무모한 행위인 키스에 키스로 답했다. 키스를 끝낸 신미는 마루처럼 머릴 숙이지도 않고, 막막한 표정으로 돌변하지도 않고 덤덤하게 키스 이전과 전혀 변함 없는 목소리로 말했다.

─ 오늘부터 정식 썸, 시작이다.
─ 썸이면 썸이지. 정식 썸은 뭐야?
─ 박마루.
─ 왜?
─ 이제부터 정식으로 사귀는 건데 첫 데이트 장소로 생각해 둔 곳 있어?

마루가 잠깐 생각하다 이내 고갤 가로저으면서, 모르겠다는 표정을 지었다. 신미는 알겠다는 듯 바로 말을 이었다.

─ 생각 없는 줄 알았어. 그럼 가자.
─ 어딜?
─ 첫 데이트 장소를 향해 고고.

– 잠깐만. 너 정말 괜찮아?

– 괜찮지 않으면 죽어?

– 말이 꽤 심하네.

– 말씨름은 그만하고 가자. 데이트하러.

– 지금 이 시간에? 밤이 깊었어!

– 너 무슨 조선 시대에서 왔냐?

20

키스까지 이르는 길은 정말 빠르고 짜릿한데…….

그런데 이건 또 무슨 상황이야?

마루의 약간은 멍하고 벙 찐 표정을 읽은 걸까. 아니면, 정말 신기한 독심술을 갖고 있는 걸까. 신미가 마루에게 쓰고 있던 모자를 눌러 씌워 주며 말했다.

– 여기가 맘에 안 들어?

– 야! 너 지금 뭐 하는 거야?

빠르게 모자를 벗는 마루. 신미의 느닷없는 행동에 정신이 확 돌아왔다고 해야 하나. 하지만 다시 둘러본 주위는 생소하고 낯선 느낌으로 가득했다.

신미가 정식 데이트를 하자며 데리고 온 곳을 본 마루는 헛웃음을 지었다. 왜냐고? 학교였으니까. 기껏 데이트하자는 데가 학교라고?

상황은 이렇다. 마루가 신미를 업고 한걸음에 뛰어나간 뒤, 일생 잊지 못할 도발적인, 어쩌면 돌발적인 키스를 일궈 낸 다음, 마루와 신미의 알바도 반강제로 멈췄다. 알바하다 말고 어딜 농땡이를 피우냐는 식당 주인의 말에 마루가 욕만 빼고 할 수 있는 모든 말을 쏟아붓자 주인이 마루를 해고한 것이다.

알바에서 잘렸지만 마루는 지금까지 일한 돈은 챙겨 받았다. 마루는 알바비의 절반을 신미에게 주려고 마음먹었다.

그렇게 찾은 곳이 고작 학교다. 저녁 9시가 넘어가는 시간에 학교에 간 신미와 마루.

대강당을 거쳐 커다란 자동 유리문을 통과한 공간에 이르자 마루는 주위를 두리번거렸다.

－야, 대박. 무슨 고등학교에 이렇게 큰 박물관이 있냐? 박물
　관 맞지?

마루가 신미에게 확인차 물었다. 유리문 입구에 걸린 현판 속
글씨는 분명했다. '전쟁 체험 박물관'

21

박물관 이름을 처음 봤을 때, 마루는 이곳에 한국 전쟁, 베트
남 전쟁, 세계 대전 등의 흔적이 담긴 줄 알았다. 그런데 들어와
보니 영 달랐다. 사진이나 영상 기록물, 전시품 등이 통유리 안
에 전시된 모양새는 다른 미술관이나 박물관과 다르지 않았는
데, 내용물이 이상했다. 노트북, 최신 휴대폰, 최신 영화, 문신을
새긴 외국 청소년의 사진, 담배 등이 전시되어 있었다. 마루가
전시물들을 살피며 물었다.

　－여기…… 박물관 맞나?
　－박마루, 넌 이게 진짜 박물관으로 보여?

-그러게. 박물관이 아닌 것도 같고. 그리고 내가 맞게 읽은
거야? 전쟁 체험?

-또박또박 국어책 읽듯 맞게 읽었어. 전쟁 체험 맞아.

-전쟁 체험인데, 왜 담배가 있지? 어라. 스마트폰도 있어. 어
떻게 된 거야?

-공부를 방해하는 유해 물질들이래.

-담배는 그렇다 치고 휴대폰이 유해 물질?

-공부하는 데 휴대폰 들여다보고 톡이나 보내는 게 전쟁을
방해한다는 논리지.

-무슨 전쟁을 방해해?

-시험 전쟁, 내신 전쟁, 그도 저도 아님 수시 전쟁.

-와, 웃긴다.

-웃긴 걸 넘어서서 어이가 없어. 그렇지?

-어이가 없다고?

-누군가 그러더라. 이 박물관을 단 한 번만 경험해 보라고.
그럼 결국 공부하지 않고는 못 견딘다고.

-누가?

-그 누군가들이.

신미의 말이 점점 실감나는 순간이었다. 유해 물질이라며 전시되어 있는 일상적인 물건들을 보고 마루는 약간 유치하다는 생각을 했다. 학교에서 가장 크고 돈 많이 들인 건물 한 층 전체에 이런 박물관 같지도 않은 박물관을 만들어 공간을 낭비한다는 생각을 지울 수 없었다. 그런데 출구를 향해 걸어갈수록 전시물의 수위가 강해졌다. 섬뜩하고 무서운 기분이 들었다.

피투성이가 된 엄마 아빠가 침대 위에 누워 있는 모형물, 지하철 대합실에 노숙자처럼 누워 있는 죽은 걸로 추정되는 사람들, 처음엔 음식물 쓰레기인 줄 알았는데 가만히 보니 사람들의 몸이 죄다 분해되어 있는 경고 영상과 사진들. 보기만 해도 역겨워 구역질을 일으킬 정도로 끔찍한 전시였다. 마루가 인상을 잔뜩 구기자 신미가 씁쓸한 표정이 되어 한마디 했다.

– 전쟁에서 패배한 자의 비참한 말로가 이렇다네.
– 꼭 공부 못하면 나 같은 놈이 된다는 걸로 보이네.
– 한심하지?
– 내가? 내가 한심해?
– 전혀 아니지.

신미가 세차게 고개를 가로저으며 말했다.

─ 이따위 말 같지도 않은 박물관을 고안하고 만들어 낸 어른
들이 한심하다고.

신미의 냉소적인 말에 마루도 격하게 공감했다.

─ 말 한번 잘했다. 이 크고 사치 쩌는 공간에다 무슨 쓸데없
는 짓이야.
─ 쓸데없는 짓을 넘어서서 인간을 말살하는 일이라 할 수 있
지.
─ 야야, 말살이란 단어는 살벌하다. 뭘 그렇게까지.
─ 사실이야. 이걸 보고 자란 사람이 지금 죽고 있거든.
─ 그게 무슨 소리야?
─ 죽음의 현재 진행형.

박물관을 나오기 직전 신미는 출구 표지 옆에 걸려 있는 문구
를 손으로 가리켰다.

'전쟁에서의 승리는 성공의 현재 진행형이다.'

신미가 그 문구를 바라보며 말했다.

- 저 전쟁을 배우려고 걸음마 할 때부터 3개 국어를 배웠다
  고 생각해 봐.
- ……
- 그 어린애 뇌는 과연 어떻게 될까?
- ……
- 기형적으로 팽창하다가 결국 펑 하고 폭발하겠지?

말을 함과 동시에 신미가 느닷없는 파격 행동을 보여 줬다.
멍청함을 의미하는 먹물이 곳곳에 잔뜩 스며든 뇌 모형을 있는
힘껏 밀쳐 낸 것이다. 1미터 높이로 제작된 모형은 대리석 바닥
에 쓰러지자마자 산산조각이 났다.

- 허신미! 너 왜 그래! 뭐 하는 기야?

마루가 깜짝 놀라 소리쳤다.

뇌 모형이 산산이 조각나자 신미는 그 어떤 때보다도 신나고 흥분된 표정으로 마루를 바라봤다. 마루는 황당했다. 모형이 부서지자마자 사이렌 소리가 크게 울리기 시작했다.

– 보안 시스템이 켜졌어! 사람들 오기 전에 빨리 나가자.

– 도망친다고 해결돼? 어때? 박마루. 한번 안 해 볼래?

– 뭘?

– 이 박물관 말이야. 이번 기회에 모두 박살내 버리자.

– 너 미쳤구나. 여길 부순다고? 내가 그렇게 하면 그 자리에서 끌려갈 거야. 그 후엔 안 봐도 뻔해. 어둠의 후예라며 엄청나게 혼나거나 정신 이상으로 취급받아 정신병원에 끌려갈지도 모른다고.

– 그래도 이런 쓰레기들을 보는 것보단 낫지 않아?

– 네가 여기로 데려오지 않았으면 난 아예 보지도 않았을 거야.

– 보지 않는다고 달라질까?

– 뭐가?

– 이런 말도 안 되는 박물관이 학교에 있는데 그걸 안 본다고 달라지냐고.

- 그건 그렇지만…….

신미의 말에 말린다는 느낌을 받았지만 마루는 이내 정신을 차렸다. 경보를 알리는 사이렌이 더 크고 신경질적으로 마루의 귀에 꽂혔다. 마루가 신미의 손을 잡고 뛰기 시작했다. 신미가 허탈하게 웃으며 말했다. 마루에게 손이 잡힌 채로 함께 전속력으로 박물관을 벗어나 복도, 그리고 계단을 뛰어 내려가면서.

- 야! 그만 뛰어. 넌 어떻게 된 애가 일만 터지면 달리냐?
- 여러 말 말고 뛰기나 해. 손 꼭 잡고.
- 이렇게 죽어라 도망치면 그 도주의 끝에 뭐라도 있어?
- 뭐가 없으면? 없으면 도망 안 갈 거야? 지금 당장 죽게 생겼는데! 뭐 해? 뛰어! 뛰라고!
- 그래그래. 마루, 네 말이 맞다. 일단 뛰고 보자. 뛰자고!

운동장으로 뛰어나온 마루와 신미는 달리고 또 달렸다. 교문을 벗어나, 버스 정류장을 지나서 인적이 끊긴 초고층 아파트 단지 사이를 뛰고 또 뛰면서.

22

- 날 도와주는 건 정말 고맙게 생각하는데.

딱 그렇게만 말한 마루의 말이 막혔다. 전쟁 체험 박물관을 다녀온 이후, 마루와 신미가 택한 두 번째 데이트 장소는 종구네 집이었다.

종구네 집을 선택한 이유는 단 하나였다. 중간고사 발표를 하루 앞두고 있었지만, 종구는 마루와 함께해야 할 리포트를 한 장도 제대로 만들지 못했기 때문이다.

신미는 마루와 종구를 위한 일종의 구원 투수였다. 마루가 바로 하루 앞으로 다가온 발표를 앞두고 망설이는 모습이 눈에 보여 도와주겠다고 나선 것이다. 종구의 최신형 노트북을 대신 꺼내 든 신미는 마루가 종구와의 협동 작업을 위해 넘겨준 자료를 포토샵이나 프리젠테이션 프로그램으로 작업하기 시작했다. 종구가 신미를 보며 말했다.

- 정말 고마워, 신미야.

−그런데 종구야, 너네 집 진짜 크다.

고맙다는 말을 몇 마디 더 하려 했던 마루가 입을 다물고는 주위를 둘러봤다. 신미의 말대로 종구네 집은 크고 넓었다. 대리석 바닥에 높은 천장이 인상적이었다. 거실에 작은 수영장인지 목욕탕인지 정체 모를 공간이 있는 것도 눈에 띄었다. 마루가 신미의 말을 받아 종구에게 말했다.

−그러게. 진짜 너네 집 장난 아니다.
−집이 크면 뭐 해. 난 멍청한데다가 뭐 하나 제대로 할 줄 모르는데.

자책하는 듯한 종구의 말에 신미가 화내듯 말했다.

−뭐 하나 제대로 할 줄 모른다니? 자꾸 그런 말 할래?
−신미야, 너 왜 그래?
−아무것도 할 줄 모른다고 포기해 버리면 결국 돌아오는 건 너네 조가 힘들어지는 것뿐이잖아. 유일한 조원인 마루까지 힘들게 할 거야?

-근데 나…… 정말 궁금한 게 있는데.

-뭐?

신미한테 면박을 당한 종구가 갑자기 화제를 돌렸다.

-신미, 넌 마루랑 왜 사귀는 거야?

화제를 돌렸다는 점도 당황스러웠지만 갑작스런 돌직구에 마
루는 병 찔 수밖에 없었다. 종구는 신미와 마루, 둘을 번갈아 바
라보며 조금은 멍청해 보이는 눈을 깜빡였다. 마루가 정적을 깨
고 버럭 소리를 질렀다.

-넌 과제 하나 자기 힘으로 못 해서 부탁하는 주제에 무슨
  소리 하는 거야?
-그건 그거고, 궁금해서.

마루가 당황해하는 걸 본 신미는 음흉하게 웃으며 종구에게
말했다.

- 그런데 종구 넌 그게 왜 궁금해?

- 그냥 신기해서.

- 뭐가 신기한데? 신일고에서 제일 잘나가는 내가 마루랑 썸
  타는 게?

- 허신미, 너 완전 자뻑 충만이다?

마루가 썩소를 지으며 신미에게 말했다. 그런데 돌아오는 종
구의 답은 예상을 완전히 빗나갔다.

- 아니.

- 아니라고?

- 그 반대.

- 반대?

- 왜 하필 마루같이 잘난 애와 썸을 타고 싶은 건지 궁금해서.

종구를 빤히 쳐다본 신미가 곧 재미있다는 듯 미소를 지었다.
그러고는 마루에게서 눈을 떼지 않으며 말했다.

- 종구는 그렇게 생각해? 정말 마루가 잘난 것 같아?

종구는 한 치의 망설임도 없이 고개를 끄덕였다. 그리고 말을
이었다.

– 내가 아는 한 신일고에선 마루가 톱이야.

종구의 말에 마루가 자조적인 말투로 답했다.

– 말도 안 되는 소리.
– 왜 말이 안 돼? 마루, 넌 최고야. 내가 볼 땐 그래.
– 야야, 입 다물어라. 우리 집 평수가 너희 집의 몇 분의 일인
  줄이나 알아? 알고서나 그런 소리 해.

종구가 뭔가 이야기하려 하자, 신미가 대신 답했다. 노트북 자
판을 빠른 속도로 두들기며.

– 집 크기가 뭐가 중요해? 하나도 안 중요해. 그치? 종구.
– 응? 응. 당연하지.

마루는 종구네 집 거실에 설치된 간이 수영장을 바라봤다. 자

기가 살고 있는 임대 아파트 크기가 간이 수영장과 비슷하단 생각을 했다. 그때의 기분이란 뭐랄까. 마루는 자꾸만 조금씩 움츠러드는 자기 자신이 이런 기분에서 비롯된 게 아닌가 하는 생각을 지울 수 없었다. 그 마음을 신미가 눈치챈 걸까. 아니면 원래 그렇게 생각하는 걸까.

신미가 여전히 노트북 화면에서 눈을 떼지 않은 채 말했다.

─가난을 모르면 진짜 사람, 진짜 사랑도 모르는 거 아니야?

─그런 말은 누가 한 거야?

─완전 멋있는 허신미가 직접 창작했지.

─웃긴다. 네가 가난이 뭔 줄 알아?

─응. 알아가고 있어.

─어떻게?

─마루, 네가 만든 자료를 보면서 배우지.

─…….

─글로 배우는 가난이지만, 이제 진짜 사람이 되어 가는 것 같은데…….

신미가 마루를 쳐다봤다. 마루는 이상하게 쑥스러운 마음이

들어 고개를 돌렸다. 신미가 그런 마루를 귀엽다는 듯 바라봤다. 마루는 할아버지처럼 자리에서 일어나 쿵쿵거리며 헛기침을 했다.

─마루, 너 가만히 보면 꼭 완소 펫 같아. 개귀여워.
─자꾸 이상한 소리 할래?

23

밤이 깊었지만 마루와 종구의 발표용 리포트는 쉽게 마무리되지 않았다. 새벽 2시가 다 되도록 신미는 같은 자세, 같은 표정, 비슷한 속도로 마우스와 키보드를 번갈아 두드렸다. 그사이 종구는 거실 소파에 비스듬히 몸을 뉘어 잠들었고, 마루는 자료를 직접 읽어 주거나 설명하면서 신미를 도왔다. 발표 보고서는 새벽 3시 즈음에야 가까스로 마무리되었다. 마루가 신미를 향해 엄지를 치켜들며 말했다.

─야, 허신미. 너 대박 고생했다. 진짜 고생했어.

− 이럴 땐 고생했다고 말하는 거 안 어울려. 꼭 아저씨 같잖아.

− 그럼 뭐라고 해야 맞는데?

− 맞는 건 없고, 기분 좋아지는 말이 있지.

− 그러니까 그게 뭐냐고?

마루의 거듭된 질문에 신미는 마루의 손을 잡았다.

− 왜 그래?

신미는 마루의 손을 끌어 올려 자신의 머리를 쓰다듬는 시늉을 하면서 말했다.

− 너…… 오늘 진짜 멋있다. 이렇게 말해 주는 거야. 바보야.

− 멋있는 건가? 그래. 멋있는 게 맞을지도 모르겠네.

− 자, 그럼 다시 해 봐.

− 뭘?

− 이제 마루 네가 직접, 그러니까 자발적으로 해 보라고.

− 쑥스러운 상황 연출은 언제나 내 몫이군. 알았다, 알았어.

마루의 말이 끝나자마자 신미가 마루 앞에 머리를 내밀었다. 반들반들하게 윤기가 나는 갈색 머리칼이 마루의 눈에 가득 찼다. 마루는 신미의 뒤통수를 조심스럽게 하지만 적극적으로 쓰다듬으며 말했다.

- 멋있다, 멋있어. 허신미.
- 글쎄, 이 기분을 뭐라고 해야 할지. 엎드려서 절 받는, 그래서 대단히 찜찜하지만 기분은 점점 좋아지고 있어.
- 어쨌든 리얼 대박 고맙다.
- 그런 인사는 썸 타는 사이엔 주고받는 게 아니래.
- 그럼 썸 타는 사이는 인사를 어떻게 해야 하는데?
- 그냥 내일 이 내용 그대로 제대로 맛깔나게 발표하겠다고 약속해 주면 되는 거래.
- 그런 약속 지키는 게 썸 타는 남녀가 할 수 있는 최선의 약속이야?
- 오브 코오스!
- 갑자기 영어 쓰는데 하나도 안 멋있어 보이는 건 왜일까?
- 닥치고 약속해.
- …….

─내일 발표, 끝내주게, 대박 간지나게 하겠다고.

마루가 고개를 끄덕이며 굳게 다짐하듯 답했다.

─알았어. 네 말대로 대박 끝내주게 발표할게. 네 소원이라는
데 그거 하나 못 하겠냐.

24

질문 하나. 마루는 신미와의 약속을 지켰을까?

신일고의 중간고사는 다른 고등학교와 클래스가 다르다. 입
시라는 단 하나의 목표에 사로잡혀 시험 기간이 되면 감독관을
두 명 이상 세워 놓고 적게는 다섯 과목에서 많게는 아홉 과목
까지 쉬지 않고 시험을 치르는 학교와 달리, 학부형은 물론 각
분야의 유명 인사가 총출동한 가운데 준비한 리포트를 발표하
는 방식이었다.

누구나 해마다 때마다 치르는 고등학교 중간고사에 유명한 사람들이 견학을 오는 경우가 어디 흔한 일인가. 하지만 신일고 중간고사 발표에 유명 인사가 모이는 이유는 아주 단순했다. 신일고 학부형이 모두 잘난 그들이기 때문이다. 국무총리, 국회의원부터 사립대학교 총장, 교수, 얼굴만 봐도 알 수 있는 유명한 연예인까지. 어쩌면 사회를 대표하는 사람들이라고 할 수 있는 이들이 모여 중간고사 발표를 초조하게 지켜보았다.

종구네 아버지도 이날 정체를 드러냈다. 김조준 사장, 유명 게임 개발자로도 유명한 인물이었다. 알아보는 사람도 워낙 많아서 다른 유명 인사들조차 계속해서 악수를 청할 정도였다.

1조, 2조, 3조…… 발표는 순서대로 차질 없이 진행되었다. 한 조당 10분 이내라는 시간도 잘 지켜졌다. 마루의 차례가 돌아왔다. 종구는 마루와 같은 조임에도 남 일인 양 긴장한 기색 하나 없이 강당 전체가 떠나갈 정도로 '파이팅'을 외쳤다.

－마루 파이팅! 우리 조 파이팅! 우리 조 최고! 와!

마루는 주위를 둘러봤다. 신미가 안 보였다.

신미는 발표 안 하나?

의문이 드는 건 당연했다. 신미 역시 신일고 학생으로 매일 등교해서 마루의 바로 옆 반에서 꼬박꼬박 수업을 들었다. 그리고 바로 어제, 밤을 꼬박 새우면서까지 자신을 도와준 뒤, 심지어 버스까지 타고 같이 등교했다. 그런데 왜 보이지 않을까. 어디로 간 걸까. 마루는 고개를 갸웃대며 단상 위에 올라섰다.

생각보다 큰 강당, 조금만 소리를 내도 커다랗게 울리는 목소리. 마루는 신미가 만들어 준 자료의 첫 화면을 보고 깜짝 놀랐다. 강당 벽면의 스크린을 가득 메운 문장은 신미가 마루에게 들려준 것이기도 했다.

'가난해도 사랑은 할 수 있다.'

하지만 이 문장에는 치명적인 오타와 결정적으로 빠진 낱말한 개가 있다. '사랑'이 아니라 '사람'이었고, '무엇이든'이 빠져

있었다. 주제는 '가난해도 사람은 무엇이든 할 수 있다'가 되어
야 했다. 하지만 그 문장을 보면서, 마루는 정말 무엇이든 할 수
있을 것 같았다.

25

오타로 시작된 발표였지만 마루는 정말이지 정신없이 입을
놀렸다. 종구는 마루의 뛰어난 말솜씨에 감탄하며 자료를 넘기
는 타이밍을 놓치지 않으려고 애썼다. 다른 학생과 학부모, 이사
장, 교장 모두 마루의 모습을 인상 깊게 바라봤다.

발표를 하는 내내 마루는 신미와 나눴던 말들을 떠올렸다. 자
료 정리를 도와주던 전날 밤, 새벽이 되자 신미와 마루의 눈은
점점 붉어졌다. 신미가 마루를 보며 말을 걸었다.

　－너 지금 뭘 얘기하고 싶은지 목하 고민 중이지?
　－목…… 뭐?
　－얘깃거리 찾느라 엄청 고민하고 있지 않냐고.

마루는 아주 잠깐 생각했다가 곧바로 자신의 뜻을 밝혔다.

– 당연하지. 발표잖아. 발표는 리포트를 잘 전달하는 게 목적

　이잖아. 안 그래?

– 안 그래.

– 안 그렇다고? 그게 무슨 말이야?

– 발표는 그냥 하는 거야.

– 뭘 그냥 해?

– 마루, 네 머릿속에 이미 충분히 들어 있는 지식, 생각, 그리

　고 네 감정을 그냥 있는 그대로 말하는 거라고. 그게 발표야.

– 나 조금 서운해지려고 한다.

– 왜?

– 니들, 슈퍼 엘리트가 발표할 때는 그렇게 하지 않잖아. 정해

　진 각본대로, 낱말 하나 틀리지 않고 달달 외워서 발표하잖

　아. 손동작, 눈 깜빡임도 신경 쓰면서.

　마루는 안다. 특성화 고등학교, 상위 0.1%의 학생들이 모여
있는 이곳에서는 토론마저도 결정된 각본에 의해 움직인다는
사실을. 마루의 말에 신미가 고개를 끄덕였다. 그런데 왠지 세상

다 산 듯한 표정이었다.

- 맞아.
- 그게 맞다면서 나한테는 왜 예외를 강조해?
- 그게 예외가 아니라서.
- 응?
- 그게 진짜라서.

말은 그렇게 해놓고 도대체 어디 간 거야?

발표하는 내내 마루는 강당 주위를 두리번거렸다. 하지만 어디에도 신미는 보이지 않았다. 마루는 영 불편했다. 하지만 그거는 그거고, 발표는 발표다. 마루는 평소 생각하고 마음에 담아두었던 이야기를 모조리 꺼내 보였다. 정말 혼이 빠져나갈 정도로 최선을 다했다. 앞뒤가 안 맞는 부분도 있고, 논리의 비약도 있었지만 한 가지 신기한 게 마루의 심장을 뛰게 했다. 말을 하는 동안, 그 말을 통해 자신이 생각하는 주제를 분명히 드러낸다는 사실이었다.

마루와 종구의 주제, '가난해도 사람은 무엇이든 할 수 있다'
의 마지막 발표문은 다음과 같았다.

─ 저는요. 사실 처음엔 과학 실습한 거 발표하면 되는 줄 알
았는데 거 뭐야, 융합이라네요. 그래서 주제를 '가난'으로
잡았어요. 우리가 학교에서 배우는 것이 융합인지 뭔지는
모르겠지만 결국은 사람이 사람 살아가는 세상 알아가는
거라고 생각합니다. 학교는 그거 가르치는 데라고 생각하
는데요. 뭐 그렇다고요.

26

─ 어디까지 따라올 거야?

종구가 마루가 늘 타는 버스에 같이 올라탔다. 그리고 마루가
내리는 주공아파트 15단지 앞에서 같이 내렸다. 마루가 종구를
바라보며 퉁명스럽게 물었다. 종구가 조금 억울하다는 듯 말했다.

- 파티해야지.

- 파티는 무슨. 너 미쳤냐?

- 파티는 축하의 기본이란 말이 있어.

- 누가 그래?

- 우리 아빠가.

- 너네 아빠처럼 돈 잘 버는 벤처 아저씨는 파티가 기본이겠
   지만, 내 파티는 늘 간장에 밥이거든.

- 그래도 오늘은 우리가 이긴 날이잖아.

'이긴 날.' 종구는 두 사람의 발표가 1학년 중에서 대상으로
선정된 걸 두고 이긴 날이라 불렀다. 마루도 꽤 놀라긴 했다. 지
금까지 1등, 대상, 이런 걸 받아 본 적이 한 번도 없어서 가슴이
벌렁벌렁 뛰는 것도 같았다.

어찌 됐든 종구는 기어이 파티를 하겠다며 마루의 뒤를 졸졸
쫓아 임대 아파트 앞까지 따라왔다. 종구의 오른손엔 카페에서
산 케이크가, 왼손엔 검은 비닐봉지가 있었다. 마루가 검은 비닐
봉지를 바라보며 물었다.

- 그게 뭐야?

종구가 대답 대신 마루의 손에 검은 비닐봉지를 쥐어 주었다. 비닐봉지는 물컹거렸다.

– 고기야.

– 고기?

– 고기 중에서도 쇠고기, 그중에서도 한우.

한우라니. 할머니 생각이 난 마루는 파티니 뭐니 다 필요 없다는 말을 더 이상 하지 않았다. 종구와 마루는 잠자코 엘리베이터에 탔다.

엘리베이터가 10층에서 멈추었다. 문이 열리는 순간, 마루의 눈에 정말 끝내주게 반갑지만 보자마자 욕 한 번 뱉어 주고 싶은 사람이 들어왔다. 신미였다. 마루가 신미를 보자마자 소리쳤다.

– 야! 허신미! 너 어디 갔었어?

쿨한 걸까. 사람 놀래는 재주라도 있는 걸까. 신미는 놀라고 걱정되어 소리부터 지르고 보는 마루에게 가만히 미소를 짓기만 했다.

27

마루네 집으로 들어온 신미와 종구. 종구는 어디서 구했는지 앞치마를 두르고 주방 쪽을 어슬렁거렸다. 신미는 들어오자마자 현관문부터 확 열어젖혔다.

－니네 집, 경치 참 좋다.

맞은편 저 멀리 한강이 보였다. 비록 다른 고층 아파트에 묻혀 제대로 보이는 건 책 한 권 정도의 너비가 전부였지만.
신미가 두 팔을 넓게 벌리며 말을 이었다.

－이런 곳에서 할머니랑 단둘이 살다니! 정말 좋겠는데?

그때, 주방에서 검푸른 불꽃이 일었다. 종구가 가스렌지를 켰는데, 오랜만에 불을 붙여서 그런지 불꽃이 렌지 후드까지 치솟았다. 하지만 종구는 놀라지도 않고 마치 중국 요리사처럼 프라이팬을 쥐고 한우를 굽기 시작했다. 마루네 할머니는 종구 옆에 서서 그 모습을 신기하게 쳐다봤다.

마루가 신미 옆에 서서 말했다.

- 정말 둘만 살면 좋을 거라고 생각해?
- 응.
- 아빠, 엄마 모두 없어도?

마루가 다시 창밖을 바라봤다. 그러곤 혼잣말로 중얼거렸다.

- 한강이 보이긴 개뿔.
- 마루, 넌 날 모르지?
- 뭐?
- 내가 너보다 백만 배는 더 어려운 수학 문제 같다는 거. 그
  거 모르지?
- 네가 뭐가 어려운데?
- 아빠 엄마 다 있고, 가진 것도 많고, 뭐든 다 할 수 있을 것 같
  은데, 네가 발표에서 말한 대로 가난해도 다 할 수 있다는 목
  표를 갖지 않아도 없을 것 없이 다 있는데…… 그런데…….
- 그런데 뭐?
- 어렵다고.

- 도대체 뭐? 뭐가 어렵다는 거야?

- 그런 게 있어.

- 무슨 소리를 하는 건지…….

신미의 알 수 없는 말에 고개를 갸웃하는 마루의 등 뒤로 종구가 한우를 태웠다며 우는소리를 했다.

28

한우 파티, 이어지는 케이크 맛 보기. 종구와 할머니는 신이 났다. 종구는 할머니와 정말 잘 어울렸다.

- 난 할머니가 없어. 태어날 때부터 없었거든. 그래서 엄청 신
  기해.

- 할머니가 뭐가 신기하냐.

- 흰머리도 엄청 많고 주름도 엄청 많고.

- 너 지금 우리 할머니 놀리는 거냐?

- 아니. 그래서 좋다고. 좋다고 얘기도 못 해?

마루가 뭔가 말하려는 찰나, 종구와 할머니는 현관 밖으로 걸음을 옮겼다.

- 야, 어디 가?
- 할머니가 뭐 준다고 해서.
- 뭘?
- 몰라.

신미와 마루 둘만 남았다. 석양이 지는 하늘이 붉은빛으로 짙게 물들었다. 신미가 말했다.

- 배 터질 것 같다. 마루 넌?
- 나도 금방이라도 화장실 갈 것 같아.
- 그냥 똥 싸고 싶다고 얘기해.
- 야, 너는 왜 그렇게 쓸데없이 솔직하냐?

마루가 남산처럼 부푼 아랫배를 만지며 일어났다. 신미가 물었다.

-뭐 해?

-뭐 하긴. 먹었으면 치워야지.

-빠르네.

-허신미, 이제 너도 가야지.

-왜?

-왜긴. 너네 부모님 걱정하실까 봐 그렇지.

-솔직히 대답해.

-뭘?

-내가 빨리 가면 좋겠어?

-…….

마루가 신미를 내려다봤다. 책상다리를 하고 앉은 신미가 마루를 물끄러미 올려다봤다. 그리고 한 번 더 물었다.

-정말 그냥 가면 좋겠냐고?

마루는 대답 대신 고개를 가로저었다. 그때, 신미가 빠른 속도로 다가와 마루의 입술에 슬쩍 자신의 입술을 댔다. 키스다, 키스. 마루의 머리와 심장에서 '키스'란 말이 메아리쳤다.

– 이상해?

– 이상하지 않음 그게 구라지.

– 우리에겐 지금 두 가지 길이 있어.

– 두 가지씩이나?

– 더럽게 어색하고 쪽팔린 채로 돌아가거나 아니면……

– 아니면 뭔데?

– 끝내주게 황홀하거나.

– 지금 다 뒤섞여 버린 것 같은데.

– 뒤섞여도 좋지?

– 좋냐고?

– 그게 나라서 좋지?

29

둘. 이번엔 진짜 진하게 키스를 시작했다.

그런데 신미가 갑자기 멈췄다.

마루가 놀란 얼굴로 신미를 보며 물었다.

- 왜?

- 한 개가 모자라.

- 뭐라고?

- 키스가 한 개, 딱 한 개 모자라다고.

- 한 개가 모자란 키스? 그게 뭔데?

- 그게 뭘까? 정말 넌 몰라?

- 나는 모르지.

- 난 네가 알 수 있을 거라고 생각하는데.

무슨 말일까. 마루가 눈을 껌벅거리며 신미를 쳐다봤다.

그때, 종구와 할머니가 돌아왔다. 종구의 손엔 푸른 상추가 한 아름 쥐어져 있었다.

30

다음 날, 버스에서 내리던 마루는 신일고 정문을 바라보는 순간 잠시 아찔한 기분이 들었다. 질문 하나가 생겼는데, 뭐랄까 다분히 철학적인 질문에 가까웠다.

정말 내가 발표에서 최고점을 받은 게 맞을까?

교실로 들어온 마루. 혹시나 하는 마음에 확인하고 싶어 생전
말 한마디 건네지 않던 앞자리 아이에게 말을 건넸다.

- 야, 학생.
- 응?

호칭도 참. 학생이 뭐냐. 학생이.

마루가 부른 대로 앞자리 학생이 고개 돌려 마루를 바라봤다.
언제나처럼 친절한 표정과 눈빛이었다.

- 왜? 무슨 문제 있어?
- 아니. 문제일 건 없는데……. 우리 어제 1학년 전체 중간고
  사 대신 발표했잖아. 맞지?
- 응. 그리고…….
- 그리고?
- 네가 속한 조가 1학년 전체 대상 받았잖아.
- 그렇지? 나, 아니 우리 조가 대상이었던 거 맞지?

─ 이거 점점 자랑각인데?

─ 자랑 아니야. 확인할 게 있어서 그랬어.

앞자리 학생에게 어제 상 받은 사실을 확인하는 동안 종구가 들어왔다. 종구가 마루를 보며 환하게 미소 지었다. 보는 사람을 기분 좋게 만드는 웃음이었다. 그런데 마루에겐 종구의 그 웃음이 어쩐지 불안하게 다가왔다.

31

이 기분…… 도대체 뭐지?

상도 받고 학교에서 인정도 받고

썩 괜찮은데 이 기분은 대체 뭐지?

뭔가…… 그 한 개가 모자란 듯한 이 느낌 말이야.

32

신미와 한 뼘도 되지 않는 좁은 한강을 바라보며 나눴던 한 줌 한 뼘의 순간도 되지 않은 키스. 그 키스를 한 이후의 여백. 그 틈새를 뚫고 메아리처럼 마루의 귀에 들린 한마디는 '한 개 모자라'였다.

뭐가 한 개 모자란다는 거야?

마루는 중얼거렸다. 마치 세상과 커다란 담을 쌓고 지내던 누군가가 자기 외에는 대화 상대가 없어 미쳐 버린 것처럼 중얼거리고 또 중얼거렸다.

하지만 마루에게는 이 불분명한 질문에 대한 정답이 있을 리가 없다. 어떤 면에선 불공평한 일이다. 질문은 틀림없이 그 질문을 던진 사람이 답도 갖고 있다. 하지만 만약 그가 답을 모른다고 말해 버리면 어떡하지? 그 불안은 고스란히 질문을 받은 자의 몫이다.

33

결국 1교시 수업이 끝난 뒤, 마루는 혼자만의 중얼거림을 멈췄다. 쉬는 시간이 됐을 때, 교실을 나와 복도를 어슬렁거렸다. 그리고 용기를 냈다.

　- 뭐! 키스 따위 했다고 막 쪽팔려서 이럴 필요 없잖아.

마루는 어제 일은 쿨하게 잊고 신미를 만나 다시 이전처럼 지낼 수 있다고 확신했다. 아니, 그래야 한다. 어깨를 툭 치며,

야야. 너 어제 일 따위에 감정 싣고 그러지 마라. 그거 정말 개유치한 거야. 알지?

그렇게 말해 주고 싶었다. 그런데 막상 복도로 나오자 신미가 어느 반에 있는지 마루는 알 수가 없었다. 신미는 늘 그랬다. 마루가 있는 곳에 찾아와 "야. 너 뭐 해?"라고 먼저 묻곤 했었다. 정해진 규칙처럼 그랬다. 그래서 마루는 그냥 그 자리에 멍하니 서서 주위를 두리번거리는 게 전부였다. 그러다 조금씩 발걸음

을 옮겨 옆 반, 그러니까 1학년 4반 교실 안을 들여다보면서 신미가 있는지 찾아봤다. 신미는 없었다.

5반에 있나? 아님 1반, 2반?

그렇게 10여 분 동안 마루는 신미를 찾아 1학년 전체 교실을 기웃거렸다. 1학년은 1반에서부터 5반까지가 전부인데 어디에서도 신미를 볼 순 없었다. 구내식당에 있을까 해서 거기도 가보고, 매점이나 문구점에 가면 볼 수 있을까 해서 기웃거렸지만 거기에도 없었다. 그러다 마지막으로 여자 화장실.

대박! 쪽팔려.

주머니에 두 손을 찔러 넣고 여자 화장실 근처를 얼쩡거리던 마루. 그때, 수업 시작을 알리는 차임벨이 울렸다. 마루는 화장실에서 나오는 여자애 둘의 이상한 눈빛과 마주한 걸 끝으로 교실로 돌아가야 했다.

아쉬운 마음을 쉬 지울 수 없는 2교시가 지나고, 마루는 다시

찾아온 쉬는 시간에도 1반부터 5반까지 두리번거리며 돌아다녔
다. 이번엔 아예 교실 안까지 들어가 신미를 찾았다. 아이들에게
묻는 것도 멈추지 않았다.

너희 반에 허신미라고 있어?

허신미 알아?

허신미! 허신미 나와 봐!

허신미란 애 본 사람 손! 손 들어!

하지만 왜 이럴까. 착하고 순수해 보이는 모범생들의 반응은
한결같았다.

-허신미? 그런 애 없는데…….

이건 정말 뭐 잘못된 거 아니야?

왜 아무도 허신미를 몰라?

허신미, 이 잘난 사립학교에서도 가장 잘난 학생이라며?

34

마루의 마음은 더욱 답답하고 초조해졌다. 점심시간이 됐지만 밥이 넘어갈 리가 없었다. 마루의 답답함에 결정적으로 기름을 부은 건 종구였다.

급식을 받아 식당 구석 자리에 앉은 마루. 종구가 환하게 사람 좋은 미소를 지으며 다가와 맞은편에 앉았다. 마루는 종구가 밥을 다 먹을 때까지 지켜보면서도 신미에 대해 묻는 걸 망설였다. 사실 따지고 보면 종구에게 신미의 행방을 묻는 게 가장 빠른 길이다. 신미가 어떤 아이인지 알려 준 사람이 종구니까. 더욱이 종구는 어제 신미와 함께 마루네 집에서 파티까지 했던 같은 조원이 아닌가.

그런데 무슨 일인지 마루는 종구에게 질문하는 게 망설여졌다. 만에 하나, 천만 분의 하나 종구가 신미를 모른다고 하면, 진짜 그런 말도 안 되는 일이 벌어진다면 그땐 어떻게 하란 말인가.

마루는 종구가 자신의 불안을 지워 주길 바랐다. 종구가 먼저 신미에 대해 말해 주길 바랐다.

종구야. 어서 말해. 빨리 말해! 오늘은 왜 신미가 안 찾아오냐고.

하지만 종구가 점심시간 내내 한 말은 어제 발표에서 대상을 받아 아빠한테 칭찬받았다는 것뿐이었다.

－그래서 말인데…… 우리 아빠가 마루, 너 좀 데리고 오래.
－왜?
－왜긴. 아빠가 너한테 고맙다고 밥 사 준다 했잖아.
－언제?

마루의 물음에 종구가 황당하단 표정을 지으며 답했다.

－언제라니. 어제 말했잖아.
－어제 말했다고?
－너네 집에서 한우 먹은 뒤 베란다에서 한강 볼 때 그때 우리 아빠한테 전화 왔었잖아. 기억 안 나?

그래. 맞아. 어젯밤에 너랑 나, 그리고 신미는 우리 집에서 같이 한우를 먹고 베란다에서 작은 책만 한 한강을 바라보며 약속했어.

　마루의 머릿속에는 종구에게 하고 싶은 말들이 강렬하게 소용돌이쳤다. 하지만 종구는 묘한 표정으로 마루를 바라볼 뿐이었다. 마루가 말을 잇지 않고 가만히 있자 답답해진 쪽은 이제 종구였다. 종구는 마루의 침묵에 왠지 모를 침울한 표정으로 급변했다. 그리고 풀 죽은 목소리로 물었다.

　－마루야.
　－응. 그래. 말해 종구야. 어서!

　종구가 입을 열자 마루가 다그치듯 물었다. 마루가 듣고 싶은 말은 단 하나였다.

　어제 신미와 같이 있었다고 말해! 어서!

　이어지는 종구의 말은 무엇이었을까.

─마루야, 내가 뭐 너한테 잘못한 거 있어?

마루는 자기도 모르게 두 손으로 머리를 움켜쥐었다. 그리고
속으로 외쳤다.

왜 신미 얘기는 하지 않는 거야!

35

방과 후, 마루는 정류장에 우두커니 앉아 버스를 기다렸다.
아니다. 버스가 오길 기다렸다는 말은 사실이 아닐지도 모른
다. 버스가 도착했고, 문이 열리고, 기사가 "안 탈 거야?"라고
보기 드문 친절을 베풀기도 했지만 마루는 버스를 그대로 보냈
으니까.

마루는 정류장에 앉아 차들의 이동을 지켜봤다. 하교 시간이
되면 거의 1분의 오차도 없이 중대형 고급 승용차들이 학교 입
구를 가득 채웠다. 이중 삼중으로 정차한 탓에 '나중에 저거 다

어떻게 빼?'란 생각이 들게 할 정도였다.

마지막 수업이 끝나고, 종례를 하고, 학생들끼리 형식적이지
만 인사를 나누고—하지 않으면 학교 방침상 대인 관계 부족으
로 벌점을 받으니까—일정한 걸음걸이로 학교 앞 정문을 향해
걸어 나오면 그때부터 고급 승용차들은 시동을 걸었다. 아이들
이 차에 타면 빠른 속도로 피난길 같은 혼잡은 소멸되곤 했다.
지금도 그랬다. 마루는 아이들과 그들의 우아한 어머니를 단 한
명도 소홀히 보아 넘기지 않았다. 하지만 정작 마루가 보고 싶은
단 한 명, 신미는 나타나지 않았다.

마루의 입에서 절로 한숨이 흘러나왔다. 분명한 사실 하나. 신
미는 오늘 학교에 나오지 않았다. 그리고 그 사실은 또 다른 형
태로 꼬리에 꼬리를 물고 이어진다. 어쩌면 신미가 신일고 학생
이 아닐 수도 있다는 의심. 거기에 한 가지 더 불안한 질문을 덧
붙이면…… 신미는 혹시?

종구는 아버지가 기다린다는 말을 수십 번도 넘게 했지만, 마
루는 종구를 일찌감치 돌려보냈다. 그리고는 두 번째 버스가 와

도 타지 않았다. 두 번째 버스도 떠나보내자 누군가 마루의 옆에 와서 앉았다. 임시 과학교사 경동호였다.

마루는 경동호가 자리에 앉자마자 알아봤지만, 경동호는 마루를 알아보지 못했다. 그는 이어폰을 꽂고 있었는데, 오래된 록 그룹의 비트 강한 노래가 이어폰 밖 세상까지 비교적 선명하게 들리고 있었다. 마루가 중얼거리듯 한마디 했다.

- 밖에까지 들릴 정도로 크게 들으면 고막 찢어지는데…….
  애들 앞에서 똥폼 잡는 거야, 뭐야.
- 이렇게 똥폼 잡는 짓도 얼마 안 남았어.

경동호의 말에 마루가 놀란 눈을 더욱 크게 뜨며 되물었다.

- 제 말이…… 들려요?

그제야 경동호가 이어폰을 귀에서 빼며 말했다.

- 들리든 안 들리든 네 똥 씹은 표정이 모든 걸 말해 주고 있

지. 안 그런가?

−…….

−1학년 3반 박마루. 너, 이번엔 상 받은 게 대견하지? 너 스스로 생각해도 막 믿기지가 않지?

마루는 경동호가 조롱하는 건지 칭찬하는 건지 갈피를 잡지 못했다. 그래서 경동호를 멀뚱멀뚱 쳐다보기만 했다.

−너도 버스 타고 집으로 가듯, 나도 버스 타고 집으로 간다. 마찬가지로 나도 학생들한테 존경받고 나름 인정도 받고 그래야 하는데, 지금은 너나 나나 영 초라한 꼴 아니냐?

경동호의 자조 섞인 말에 마루가 따지듯 물었다.

−우리 꼴이 뭐 어때서요?

−그건 몰라서 묻는 질문이 아니라 현실을 알면서도 부정하고 싶은 질문이겠지?

−아니에요. 선생님은 왜 그렇게 꽈배기처럼 비비 꼬이셨어요? 전 그냥 있는 그대로를 물은 거예요. 우리 꼴이 나쁜 건

아니잖아요.

- 나쁘지 왜 안 나쁘냐?

- 나쁘다고요? 뭐가 나쁜데요?

- 두 대의 버스가 30분에 한 대 간격으로 도착한다. 그리고
우린 세 번째 버스를 기다리지. 그런데 자, 봐라. 버스를 기
다리는 게 언제 잘려도 이상할 게 없는 임시직 계약교사인
나와 도움을 받지 않으면 안 되는 생활보호대상자인 너밖
에 또 누가 있냐. 누가 있음 한번 얘기해 봐.

- …….

마루가 입을 다물었다. 할 말이 많지만 참는 게 아니라 할 말
이 아예 없었다. 마루는 경동호의 말이 짜증스럽지만 듣기로 했
다. 세 번째 버스는 타야 하기 때문이다.

- 학교에선 너나 나를 매우 긍정적이고 희망적으로 소개할
거다. 넌 가난한 생활보호대상자 출신의 청소년이지만 중
간고사에서 발표 점수 100점을 맞은 기적의 주인공으로.
또 나는 비록 다음 달엔 피치 못할 사정이 생겨 그만둘 수
밖에 없지만 학생을 향한 교육열만큼은 타의 추종을 불허

하는 열혈 선생으로 말이야.

─그런데…… 그게 나쁜 거라고요?

─당연히 나쁘지. 나쁘고말고.

─그런데요, 선생님. 헷갈리는 게 있어요.

─뭐가 말이냐?

─그 나쁘다는 거, 발표 점수 100점을 맞은 제가 나쁘다는 거예요. 아니면, 이런 엿 같은 상황을 만든 사람들이 나쁘다는 거예요?

─아주 좋은 질문이다. 그 질문에 대한 답은 매우 복잡한데…….

─노노. 복잡하면 안 돼요. 대충, 간략히 말해 주시면 안 될까요? 벌써 버스 두 대 보냈는데 세 번째 버스는 타야 한다고요.

마루가 버스 도착 시간이 나오는 전광판을 바라봤다. 바로 전 정거장에서 출발했다는 알림이 떴다.

이번엔 꼭 타야 한다. 그렇지만 경동호 선생의 생각은 듣고 싶었다. 그 생각 상자 안에 뭐가 들었는지.

마루가 다시 한번 부탁하듯 말했다.

-어서 말해 주세요. 누가 나쁜 거예요?

-복잡한 걸 단순하게 말하면 늘 허탈해지는데……. 진짜 그
래. 그래도 듣고 싶냐?

-당연하죠. 빨리요.

버스가 정류장으로 들어섰다. 버스가 온 걸 확인한 경동호가
짧지만 분명하게 말했다. 어쩌면 지긋지긋할 수 있는 순간을 모
면해 주는 일시적인 청량제와 같은 한마디를.

-둘 다 나쁘다.

-나도 나쁘다고요?

-너도 나쁘고, 나도 나쁘고.

-왜 나쁜 건데요?

-…….

-정확하게 왜 나쁜지 알아야 할 거 아니에요. 이게 왜 나쁜
건데요?

마루가 억울하다는 듯 물었다. 그럴 만도 했다. 처음엔 피식피
식 웃음만 터트리며 어떤 상황이든 우스운 해프닝 취급하듯 말

하는 경동호 선생이 불쾌했다. 하지만 경동호의 표정과 말은 계속 진지해졌고 이제는 그 진지함이 마루를 두렵게 했다.

마루는 알고 싶었다. 짧아도 좋았다. 이거든 저거든 뭐라도 좋으니까 경동호가 말해 주는 걸로. 이런 마루의 진심이 통했을까? 경동호가 중얼거리듯 말했다.

─ 진짜 같아 보이지만 진짜가 아니잖아.

36

이럴 수가.

경동호의 뒤를 따라 계단을 한 걸음 한 걸음 옮기던 마루는 설마 했다. 경동호와 함께 데이트 장소를 다시 찾을 줄은 상상조차 못한 일이다. 하지만 마루가 상상할 수 없는 일을 경동호는 태연하고 무심하게 실천했다.

'진짜가 아닌 공간'을 보여 주겠다는 짧은 말. 그 한마디를 남긴 이후 경동호는 더 이상 말이 없다. 말보다 주먹이 앞서는 혈

기 충만한 청년처럼 경동호는 마루에게 "따라와. 진짜를 보고 싶으면"이라는 말 한마디를 남긴 뒤 학교 본관으로 불쑥 들어섰다.

1층, 2층, 3층…… 마루는 아무 말 없이 경동호의 뒤를 따랐다. 계단을 오르는 경동호의 발걸음은 그 속도를 늦추지 않았다. 경동호는 단숨에 학교 대강당 근처에 도달했다. 전쟁 체험 박물관이 있는 곳이었다. 마루와 신미가 선택했던 첫 번째 데이트 장소. 그곳에 들어서며 마루가 물었다.

— 여긴 왜 온 거예요?

경동호는 아무 말 없이 출입구에 설치된 번호키를 눌렀다. 마루가 '지난번엔 이런 거 없었는데'라며 고개를 갸웃거릴 때, 박물관의 문이 열렸다. 마루는 경동호를 주의 깊게 살폈다. 점점, 그야말로 점점 둘을 둘러싼 상황이 심각해지고 있다. 경동호가 마루에게 고개 돌려 말했다.

— 박마루, 너 어떤 여자애랑 여기 온 적 있지?
— 대답해야 해요?

- 답하고 말고는 네 자유지만 답하지 않으면 넌 영원히 그 친구 못 찾는다.
- 알았어요. 말할게요.
- 진작 그럴 것이지.
- 신미가 데리고 왔었어요.
- 언제?
- 얼마 안 됐어요. 일주일 전? 사귀자고 마음먹은 다음 처음 온 데이트 장소니까.
- 그 아이, 이름이 허신미냐?
- 네?
- 허신미 맞아?

경동호의 질문이 지나치게 진지해 마루는 잠깐 되짚어 생각했다. 그러자 마루는 더 심각해졌다. 경동호는 신미를 어떻게 기억하고 있는 걸까?

- 네. 신미요. 허신미. 뭐 잘못됐어요?
- 잘못됐지. 이건 잘못돼도 한참 잘못된 거야.
- 대체 뭐가 그렇게 잘못된 건데요?

- 그 아이가 이름까지 갖고 너한테 나타난 거잖아. 그럼 끝까지 간 거 아니야?
- 끝까지 갔다는 게 무슨 뜻이에요?
- 끝까지 현실이 아닐 수도 있는 거라고.
- 아…… 이거 대박 황당하네.

문이 열렸지만 경동호는 박물관 안으로 들어갈 생각이 없어 보였다. 답답한 마루가 경동호의 표정을 살필 때 느낀 점 하나. 경동호는 박물관 안으로 들어갈 엄두를 내지 못하는 것 같았다. 그런 경동호를 슬쩍 살피며 마루가 말을 이었다.

- 신미가 자기 이름이 신미라고 밝혔어요. 허신미. 성까지 붙여 말해 줬다고요. 그런데 그게 잘못됐어요?
- 마루야, 너 혹시 평행이론이라고 들어 봤니?
- 평행이론요?
- 평행이론이란 말, 인터넷에서 찾아보면 설명이 엄청 많이 나와. 근데, 지금 내가 말하는 평행이론은 그 이론과는 아예 달라.
- 그럼 뭔데요?

- 난 내가 이곳에서 겪었던 경험을 마루 네가 똑같이 경험하고 있다고 확신한다.

- 네?

- 나도 10여 년 전에 신일고 학생이었고, 어떤 여자애와 만났지. 그 여자애, 늘 당차고 똑부러지고 공부도 거의 전교에서 1~2등 하는 완벽한 여자애였어.

- 선생님.

- 응?

- 지금 선생님 고딩 시절 자랑하는 이유가 뭐예요?

- 넌 지금 이게 자랑으로 보이냐? 내가 퀸카를 사귀게 되었다고 자랑하는 것처럼 보이냐고.

- 그럼 아니에요?

- 마루 너한테 신미가 찾아온 걸 과연 어떻게 해석할 수 있을까?

- ……?

- 네 말대로 이름까지 가진 신미, **허신미**가 마루 너한테 찾아온 건 일종의 명백한 사건과 같은 거야.

- 뭐라고요?

- 좀 더 전문 용어를 써 볼까? 우발적이고 우연적인 사고라고

하는 거야. 원인이 따로 있는 것도 아니고, 당사자가 그 원
인을 규명할 수도 있는 것도 아닌. 마루 너한테 그 여자애
가 찾아온 걸 마루 넌 자랑할 수 있을까? 할 수 있어?

ㅡ할 수 없죠.

ㅡ왜 그럴까?

ㅡ신미가 그냥 내가 좋다고 했으니까.

그냥 무조건 좋다고 했으니까.

'마루. 박마루.'

'응?'

'난 네가 좋아.'

'야, 넌 무슨 그런 얘기를 그렇게 타이밍 없이 말하냐.'

'그럼, 어떤 타이밍에 얘기해야 하는데?'

'뭐, 그런 거 있잖아. 내가 언제 좋아졌고, 내 어떤 모습이 마
음에 들었고, 이런저런 상황과 장면 들을 종합해 보니까 좋다고
얘기하는 게 맞는 거 아니냐고.'

'웃긴다, 너.'

'내가 뭐가 웃겨. 이게 정상이야.'

'사람 좋은데 무슨 이유가 필요해. 난 그냥 박마루 네가 좋아.
그냥 좋아. 무조건 좋다고.'

37

'무조건 좋다'는 그 말이 마루에겐 목에 걸린 가시처럼 불편
하게 와 박혔다. 평행이론 운운하며 말을 잇는 경동호의 쓰디쓴
표정이 이 상황을 더 불편하게 했다. 그의 말에 의하면 '신미'는
'마루'에게, 그리고 '마루'는 신미에게 이런 식으로 찾아오면 안
된다. 경동호가 힘주어 강조했다.

– 생각해 봐. 이성적 사고라는 걸 가동해 보라고. 네가 신미라
고 말한 전교에서 제일 잘나가고, 예쁘고, 집안도 좋고, 돈도 많
고, 공부도 잘하고, 누가 봐도 엄친딸 중에 엄친딸인 여자애가
네가 좋다고 하는 게 처음부터 말이 되냐고?

경동호가 침까지 튀기며 열변을 토하자 마루는 슬슬 짜증이
났다. 하지만 짜증도 잠깐. 마루의 심장은 더 불편하고 아프게

뛰었다. 슬프다고 하는 게 가장 정확한 감정의 반응일까. 아무튼
그랬다.

마루가 기가 죽었다는 걸 알아차린 경동호가 전쟁 체험 박물
관 안으로 발을 들여놓았다. 경동호의 이어지는 말과 함께 마루
는 박물관 안의 노트북, 최신 휴대폰, 최신 영화, 문신을 새긴 외
국 청소년의 사진, 담배를 다시 바라봤다. 신미의 말대로라면,
이 사물들은 전쟁에 실패할 수밖에 없는 재앙의 상징물이 맞았
다. 재앙은 전쟁에서의 패배를 뜻했다.

안으로 들어갈수록 더 어두워지는 박물관 안에서 경동호는
힘주어, 비장하게 말했다.

  - 그래. 얘기를 다시 맞춰 보자.
  - 말씀해 보세요. 뭐든지.
  - 내게도 그런 사랑이 찾아왔지. 모든 걸 다 가진 완벽한 여
    자애가 나랑 연애를 하자고, 우발적이고 우연적인 사고처
    럼 찾아온 거야.
  - 그래서 선생님은 받아들였어요?

- 당연하지.

'당연'이란 말을 꺼내는 순간 경동호의 표정엔 희망과 절망이 절묘하게 오갔다. 경동호가 혀를 내밀어 입술을 핥은 뒤 말을 이었다.

- 나한테 찾아온 이 완벽한 아이를 놓쳐야 할 이유가 없었어. 그래서 받아들였지.
- 그럼 됐잖아요. 다 잘된 거잖아요.
- 맞아. 잘된 거야. 그런데 말이야.
- 또 무슨 반전이 있는 거예요?
- 잘된 건 맞지만 잘된 것처럼 보인 것뿐이야.

38

결국 경동호도, 마루도 전쟁 체험 박물관의 가장 깊은 곳으로 들어왔다. 조명은 입구에서부터 점점 어두워져 끝에선 거의 암흑 천지였다. 시커먼 어둠 속이었지만 박물관의 가장 중요한 전시물이 놓여 있는 포인트가 되는 장소라는 것을 알 수 있었다.
그리고 마루는 그 전시물만큼은 정확히 알아볼 수 있었다.

누군가의 뇌?

이건 그때 신미가 깨 부쉈는데……. 왜 그대로 있지?

마루는 뇌 모형을 보며 놀란 표정을 지우지 못했다. 경동호는
전쟁 체험 박물관의 마지막 전시물을 절망스러운 눈빛으로 바라
보며 한숨을 쉬었다. 길고 오랜 여운이 남는 한숨이었다. 이어지
는 경동호의 말은 거창하게 말해 '인생 참회록' 같은 종류였다.

– 너처럼 내 여자친구는 그저 예쁘고 잘난 여자애였지.

– …….

– 난 정말 끝내주고 격렬하고 그 여자애와 썸을 탔어. 전쟁
  체험 박물관에서 데이트도 하고, 학교 식당에서 단둘이 밥
  을 먹기도 하고, 학교가 끝나면 데리러 오는 그애 부모님의
  고급 차를 마다하고 돌아가는 버스를 타기도 했어.

– 그러다 알바할 일이 생기면 그 일까지 여친이 내 일처럼 도
  와주고요?

─ 오오, 너도 당했구나.

─ 아니, 그게 왜 당하는 거예요?

─ 물론 나에게도 그런 일이 있었단다. 그런데 아까도 말했지
만 한 번 더 곰곰이 생각해 봐라. 공부도 잘하고 경쟁에서
뒤처지지도 않는데, 남친이 말하기도 쪽팔린 최저 시급 받
으며 일하는 데까지 와서 도와주는 여자애가 어디 있냐? 그
런 건 완전 비현실이야. 잘되는 것처럼 위장된 트릭이라고.

─ 그런데요, 선생님.

─ 그래. 물어봐라. 뭐든.

─ 그래서 선생님이 말하고 싶은 결론이 뭐죠?

마루의 질문엔 건방진 마음이라곤 전혀 없었다. 마루는 진짜
알고 싶었다. 그 잘된 것처럼 보이는 상황에 대해서.

경동호도, 마루도 박물관 마지막 전시물인 '누군가의 뇌'를
바라봤다. 그 '뇌 모형'은 전혀 정상적인 '뇌'로 느껴지지 않았
다. 썩고 부패한, 그래서 잔뜩 주름진, 누군가들에게 그 즉시 버
림받아도 전혀 아무것도 이상할 게 없는, 쓸모없어 보이는 '뇌'
였다.

경동호가 입을 삐죽 내밀며 비장하게 말을 이었다.

─결론은 바로 이거다.

뇌를 가리킨 경동호는 머리를 쓸어 올리며 신세 한탄을 했다.

─어느 학교, 어느 사회에나 낙오자는 존재한다. 당연한 거야.
 그런데 완전한 자기 통제가 가능한 이성 훈련을 받으면 적
 어도 낙오자의 범주에서는 벗어날 수 있어.

─……

─신일고는 낙오자의 범주 자체를 세탁하는 데 특성화된 학
 교야. 이들만의 견고한 성벽 안으로 들어서기만 하면, 그렇
 게만 되면 이 썩고 부패한 뇌처럼 쓸모없는 전쟁 패배자,
 인생 낙오자는 되지 않을 수 있어.

─그런데 선생님은 낙오자가 된 거예요?

─그렇지. 당연하다.

─선생님이 생각하는 낙오자는 뭔데요?

─세상은 입에 발린 말들을 잘들 지껄이지. 힘내지 않아도 괜
 찮다고 하고 경쟁이 아닌 공생, 더불어 함께 사는 우리 등
 등이 그렇지. 하지만 그건 결국 죄다 낙오자들의 자기변명,
 자기 위로에 지나지 않아. 난 적어도 자기 위로는 하고 싶

지 않았다.

- 그래서 경쟁 대열에서 밀려나긴 했지만 여전히 그 주변에 남아 비빌 언덕을 찾으려고 신일고 계약직 교사라도 하고 있는 거고요.

- 그따위 말을 낙오자 중의 낙오자인 너한테 들으니 더더욱 비참하긴 하다. 하지만 사실은 사실이지. 그게 사실이다.

마루는 기억한다. 신미의 말들을.

신미는 그 '누군가의 뇌'를 보며 경동호처럼 말하지 않았다. 신미는 말 대신 분명한 하나의 행동을 보여 주었다. 그 '누군가의 뇌'를 박살낸 것이다. 박살난 '뇌'는 지금 분명히 낙오자의 상징이 되어 썩고 부패한, 그래서 누구라도 이 '뇌'처럼 되지 말아야지 하는 표본이 되었다.

경동호가 짧게 말했다.

- 너도 낙오자야.

- 그래서요?

- 너와 나, 모두 낙오자가 되어 버렸어. 네가 발표해서 대상 받은 거? 그거 다 잘되는 것처럼 보이는 가짜야. 쇼 같은 거

지. 내가 여전히 희망 고문에 매달려 있는 것도 마찬가지고.

경동호의 말을 마루는 모르지 않았다. 못 알아 들을 만한 말은 한 개도 없었다. 하지만 마루는 바로 그 '한 개'가 모자라다고 생각했다.

39

경동호의 자아비판이 끝날 즈음이었다.

- 내가 괜한 말을 해서 널 더 힘들게 했구나.
- 괜한 말은 이미 충분히 하셨는데요.
- 하지만 마루야. 난 말이야. 선생이기 전에 낙오자의 한 사람으로서 네게 진심 어린 충고를 한 거란다. 그걸 명심해야 돼.
- 그런데 왜 항상 어른들의 충고는 기분 나쁘죠?
- 그거야 그렇게 들으려 하니까 기분 나쁜 거지.
- 아닌 것 같아요. 어른들은 늘 가르치려고만 드니까 그게 기분 나쁜 것 같아요.

– 먼저 알고 있는 걸 가르쳐 주는 게 나쁜 건 아니잖아.

– 알고 있는 것과 변화시키는 건 다른 거잖아요.

'변화'란 말에 경동호는 뭔가 찔리는 느낌을 받은 모양이었다. 경동호는 더 이상 박물관을 둘러보지 못하고 망설이기만 했다. 마루는 그런 경동호의 반응 따위는 신경도 쓰지 않았다. 마루는 진짜 자신이 궁금해하는 걸 물었다. 더 이상 돌려 묻지 않는, 조금은 무례하고 막무가내인 마루만의 돌직구를 던졌다.

– 그런데 선생님.

– 말해라.

– 신미는 정말로 없는 거예요?

– ······.

– 진짜 없어요? 이 세상에?

40

그날 밤, 마루는 신미와 함께했던 길, 장소를 걸었다. 학교 내

전쟁 체험 박물관, 버스 정류장에서부터 알바 장소였던 정육식당까지. 정육식당 사장은 마루를 보자마자 대뜸 말했다.

　-다시 일해 볼 테야?
　-그렇다면 받아 줄 거예요?
　-당연하지. 학생이 일을 꽤 잘했잖아.
　-내가 일을 잘한 게 아니지 않나요?
　-그게 무슨 소리야?
　-내가 일을 잘한 게 아니라 한 사람 몫의 일을 두 사람이 했
　　으니까 더 잘되는 것처럼 보였겠죠.

　그렇게 말한 마루의 얼굴에 섭섭한 감정이 한가득 스며들었다. 그래도 정육식당 사장이라면, 신미가 엄청나게 바쁜 저녁 시간에 주방에서 쓰러졌다는 사실을 잊어선 안 된다고 마루는 생각했다.
　'두 사람'이란 말을 꺼낸 뒤 마루가 사장의 얼굴을 바라봤다. 사장은 어처구니가 없다는 표정으로 마루를 바라보며, 말문을 열었다.

- 학생, 지금 자신이 두 사람 몫까지 슈퍼맨처럼 일했다는 걸 자랑하고 싶은 거야?

- 아니에요. 그만하죠.

- 뭘 그만해. 두 사람 몫까지 일했다는 거 인정받고 보너스라도 받고 싶다는 거잖아. 그렇게 원하면 챙겨 줘?

- 아이 참. 진짜 아니라니까요.

- 나, 비록 여기서 식당이나 하고 있지만 찌질하거나 짠돌이 아니야. 학생이 말한다면 무리가 되겠지만 기꺼이 챙겨 줄 용의가 있어. 용의가 넘친다고! 그러니 말해.

- 필요 없다잖아요!

마루가 잔뜩 볼멘소리로 잘라 말하며 식당을 나왔다. 정육식당 사장은 마루의 뒤통수에 대고 뭔가 쉴 새 없이 궁얼거렸지만 마루는 들은 체도 하지 않았다.

41

집으로 걸어가는 길은 버스를 타기도 애매하고 걷기도 애매한 거리다. 신미와 함께 걸었을 때는 어디든 상관없이 가깝게 느껴졌다. 하지만 혼자 걷는 길은 달랐다. 느낌 탓인지 아니면 실제 물리적으로 멀어서 그런 건지 집까지 걸어가는 거리, 그 체감되는 순간이 매우 힘겹고 멀게만 느껴졌다.

처음엔 한 걸음, 한 걸음을 뗄 때마다 외롭다는 생각과 함께 허탈하다는 생각이 들었다. 지금까지 자신이 나눴던 사랑, 더욱이 태어나서 처음으로 주고받은 키스가 아무것도 아니라고 생각하니 마음이 더 쓰라리고 아팠다.

그럼 그때의 그 키스, 키스를 주고받았을 때의 짜릿함은 무엇이었을까. 그 생각을 할수록 마루는 더욱 우울해졌다. 자신이 만났던 신미가 누구에게도 기억되지 않는, 그래서 마치 '신미'란 여자 친구가 이 세상엔 존재하지 않는 거라고 생각하게 만드는 우울함을 어떻게 극복해야 하는 건지. 마루는 이 감정을 어떻게 해야 할지 엄두도 내지 못한 채 무작정 걸었다.

집까지 걸어가는 동안 마루는 몸을 스치고 지나가는 바람 소리를 들었다. 연하고 잔잔한 산들바람이었다. 바람 소리가 들린다는 건 기적에 가까운 일이거나 그냥 시적인 감수성이다. 식당에서 임대 아파트까지, 수많은 거리와 차도를 스쳐 지나가야 한다. 차 소리, 사람들의 대화 소리, 그들에게서 나오는 수많은 발소리. 하지만 마루에겐 그 틈새로 들려오는 소리, 바람 소리가 무엇보다 크게 들렸다.

바람 소리를 듣는 순간 마루가 듣게 되는 여운은 그야말로 새로운 느낌이었다. 마루가 보는 세상은 지금까지 단순히 자신의 눈에 드러나고 나타나는 세상이었다. 눈에 보이는 나무, 아파트, 숲, 그런 세상은 그저 마루에게 주어진 세상인 것이다.

하지만 바람의 노래가 들려주는 세상은 다른 세상이었다. 경동호 선생의 말처럼 신미를 마루의 욕망이 낳은 세계를 통해 보는 것이 아닌 세상. 이마와 목덜미에 땀이 흐를 정도로 걷자 비로소 마루에게 다른 세상이 보이기 시작했다. 목표, 욕망, 경쟁으로 물든 어쩔 수 없이 주어진 세상과는 전혀 다른 세상이 펼쳐지는 것 같았다.

신미가 다시 보이는 세상, 처음부터 없었던 게 아니라 처음부터 함께 있었던 것처럼 느껴지는 세상, 그 세상이 비로소 마루의 입을 타고 흐르는 옅은 숨결처럼 흘러나왔다.

내가 알게 된 진짜 허신미.

한 개 모자란 키스는 더 이상 없을 거야.

허신미, 네가 진짜 세상을 가르쳐 줬으니까.

더 이상 모자란 느낌은 없을 거야.

약속할게.

42

미세한 바람이 마루의 얼굴을 한 차례 휩쓸고 지나가던 그 순간, 마루는 임대 아파트 입구에 도착했다. 처음엔 희미하게 한 사람의 모습이 어른거렸다. 할머니인가 했다.

　－할머니, 왜 나왔어?

할머니를 부르는 순간 마루의 눈에 들어온 건 할머니 주변에 서 있는 두 사람, 남자와 여자였다. 마루가 혼잣말처럼 중얼거렸다.

　－어디서 본 얼굴인데…….

-마루야, 나야.

-'나'가 누구세요?

-나야, 엄마야.

여자는 자신을 엄마라 말했다.

-이 자식이. 야, 박마루. 아무리 우리가 가출했다 돌아왔다
  해도 못 알아보는 척할 거야?

가출이란 말로 요 몇 달 동안의 행방불명을 그냥 통 치고 넘
어가려는 남자는 아빠였다.

-아빠…… 엄마……?

아빠는 마루의 앞머리를 쓰다듬으며 어깨동무를 했고, 엄마
는 두 손에 든 커다란 비닐봉지를 들어 보이며 말했다.

-마루가 좋아하는 팥빙수 해 주려고. 재료 잔뜩 샀다.

'바로 어제까지 불어 터진 밥에 간장 찍어 먹었는데'라는 말이 목구멍까지 차올랐지만 마루는 아무 말도 하지 않았다. 혹시라도 두 사람이 다시 돌아가면, 아빠 말처럼 가출하면 안 되니까.

43

바람의 노래를 듣던 날, 마루의 아빠 엄마가 집으로 돌아왔다. 할머니는 두 사람의 무사 귀환에 아무런 토도 달지 않았다. 1년 가까이 이어져 온 방황을 마무리한 두 사람에게 할머니가 제일 처음 해 준 건 김치찌개였다. 식은밥에 간장만 먹던 마루로서는 거의 반년 만에 처음 먹어 보는 음식. 김치찌개.

엄마도, 아빠도 할머니가 주방에서 김치찌개를 끓이는 동안 내내 그 모습을 지켜봤다. 마루도 앞으로 오랫동안 그 모습을 지켜보며, 그러니까 김치찌개가 끓는 동안 신미와의 첫 키스를 생각할 것이다.

낯설지만 찬란한

'키스'란 말 속엔 꽤 많은 뜻이 담겨 있는 것 같습니다. 담겨 있다기보단 숨어 있다고 보는 게 맞을 것 같은데요. 키스는 사랑하는 연인이 주고받는 세상에서 가장 달콤한 행위일 수도 있고, 낯설고 어려운 관문을 넘어서기 위한 통과 의례일 수도 있습니다. 하지만 '키스' 속에 사정없이 숨어 있는 뜻은, 입을 열어 보이지 않는 한 결코 전해질 수 없는 자기만의 진실에 있는지도 모르겠습니다. 자기만이 알아듣고, 자기만이 설득할 수 있는 진실은 참 어렵고 경우에 따라선 서글픈 일이기도 하지만 그것만큼 투명하고 찬란한 건 없을 듯합니다. 특히 크게 낭만적이지도, 그렇다고 거창한 꿈과 희망이 살아 숨 쉰다고 말하기도 애매한 세상 속으로 한 걸음 성큼 내딛는 1318의 경우 자기만의 진실을 이해하고 이해받는 것만큼 중요한 일은 없을 겁니다. 그런 의미에서 '키스'는 늘 어렵고 낯설지만 진실을 전달하는 가장 찬란한 순간인 것만큼은 분명한 것 같아요.

그래서일까요. '키스'에 대한 이야기를 하고 싶었습니다. 우리의 보이는 삶과 보이지 않는 진실 사이의 다리 역할을 해 주는 통로와 같은, 그래서인지 항상 한 개 모자란 듯한 부족함, 아쉬움을 담은 키스에 대해 말하고 싶었습니다.

약간은 생뚱맞고 황당 발칙한 소설 『한 개 모자란 키스』의 출간을 기어이 일궈 내 준 서유재 출판사에 감사드립니다.

2019년 서울 충무로에서

주원규

한개
모자란
키스

ⓒ 주원규, 2019

초판 1쇄 발행일 2019년 10월 30일

지은이 주원규
펴낸이 김혜선   책임편집 박혜리   펴낸곳 서유재   등록 제2015 - 000217호
주소 (우)04034 서울 마포구 잔다리로7길 18(서교동 377 - 20) 501호
전화 070 - 5135 - 1866   팩스 0505-116-1866   대표메일 outdoorlamp@hanmail.net
종이 엔페이퍼   인쇄 성광인쇄

ISBN 979-11-89034-22-1 43810

이 도서의 국립중앙도서관 출판예정도서목록(CIP)은 서지정보유통지원시스템 홈페이지(http://seoji.nl.go.kr)와
국가자료공동목록시스템(http://www.nl.go.kr/kolisnet)에서 이용하실 수 있습니다.
(CIP제어번호: CIP2019040086)